secession

W0376122

Nur Du, und nur Ich

CHRISTIAN UETZ

secession VERLAG FÜR LITERATUR

Erste Auflage
© 2011 by Secession Verlag für Literatur, Zürich
Alle Rechte vorbehalten
www.secession-verlag.com

Gestaltung, Typographie, Satz und Litho: KOCHAN & PARTNER, München
Titelfoto: Corbis GmbH, Düsseldorf
Druck und buchbinderische Verarbeitung: Kösel GmbH, Altusried
Papier Innenteil: Fly 05, 100 g/qm
Papier Überzug: Surbalin seda diamantweiß, 115 g/qm
Papier Vor- und Nachsatz: Papier Union, Popset Rotorange, 120 g/qm
Gesetzt aus 9/13 Cordale regular/italic

Printed in Germany
ISBN 978-3-905951-06-6

Der Autor dankt für die Unterstützung des Werkes:

Dem Kanton Zürich
Der Zuger Kulturstiftung Landis & Gyr
Der Stiftung kunst:raum sylt quelle

FÜR SIMONE, ODER FÜR DICH

Nur Du, und nur Ich

CHRISTIAN UETZ

Roman in sieben Schritten

secession VERLAG FÜR LITERATUR

Ich kann das nicht mehr abtun von mir, denn es ist,
gegen alle Vernunft, mit meinem Körper geschehen,
der sich nur noch bewegt in einem ständigen, sanften,
schmerzlichen Gekreuzigtsein auf ihn.
Es wird für das ganze Leben sein.

INGEBORG BACHMANN, MALINA

Zu viel aber der Liebe,
wo Anbetung ist,
ist gefahrreich,
triffet am meisten.

FRIEDRICH HÖLDERLIN, PATMOS

ERSTER SCHRITT

_ Was machen wir jetzt noch?

Keine U-Bahn mehr, keine S-Bahn, und die Nachtbusse zu finden interessiert uns nicht an diesem achten Dezember. Aus Bern hütest du eine Wohnung in Friedrichshain; aus Zürich überwintere ich in Schöneberg; und wir sitzen im Kaffee am Meer in Kreuzberg.

_ Ein Drink bei mir an der Bozener?

Wir sitzen auf dem Sofa und trinken Martini.

_ Ich würde jetzt zu gern nackt mit dir im Bett liegen.

_ Im Bett liegen ist gut.

Du tanzt angezogen neben dem Bett, während ich nackt unter der Decke liege.

_ Ich bin komisch,

und kommst unausgezogen unter die Decke.

_ Ich bin nicht so.

Wir plaudern und lachen, bald ziehst du das T-Shirt aus, dann auch die Jeans.

_ Wenn nichts passiert, passiert das Tiefste.

Oder, das muss jetzt gesagt sein, sonst versagt das System, das, was nicht passiert, ist das, was nicht vorbeigeht, und wenn's passiert, passiert's die Dauer unendlich.

_ Es muss nichts passieren, ist doch schön so.
Und so passiert's am schönsten.
Passiert es nicht gemacht und ungewollt und ja, zeitlos.
Dann küssen wir uns endlos.
_ Was ist denn das? Eine Lustwelle, von wo treibt die denn her, welcher Horizont tut sich da denn auf, so weit, so fern?
Und hier, da schau, da hab ich's im Glutenkern wie mein Kohleofen: wenn der einmal singt, da glüht der dann stundenlang. Ohne nachzulegen.
Du ersinnst dich von Anfang an als Königin der Zeitlosigkeit.
Zeitlosigkeit ist das erste liebe Wort, das ich von dir höre in dieser ersten Nacht.
Nacht der Immaculata.
Nacht der heiligsten unter allen euch Frauen, gebenedeites Glück vom achten auf den neunten schon vor der Zeitzählung.
Und wie es schon gegen Morgen geht! Und wie wir es nicht fassen können, wie es schon so spät und noch so früh! Und wie wir zum Frühstück im Robbengatter lachen über befleckte Milch, die in allen Munden Latte macchiato, und die unbefleckte Empfängnis in niemandes Mund, sagst du, es sei die Langsamkeit, die du am meisten liebst, wenn die Zeit nicht vergeht, sondern sich auflöst.
Dein Schlüssel ist das Sinnfreie in jeder Sekunde, alles ins Ziellose verwandeln, dein Credo, in Purzelbaumkomisches, und doch ist es eine sensibelste Wahrnehmung, ein unablässig bis ins Kopfweh arbeitendes Denken, dessen Schmerz der feinste Sinn und dessen Lachen in der Nichtswürde die Königswürde. Nur deine erste Botschaft, die lautet: *Von allem, was passiert ist – bleibt etwas zurück, gleitet in der gegenwart mit mir – sie soll nicht passieren, und doch spüre ich, als hätt sie's eilig, geht vorüber, will vergangenheit werden. Beim passieren werd ich sie am schopf packen und auf den mund küssen, leben einhauchen. (wie? was? es will unverstanden gesagt sein).* Am 13. erst erreiche ich dich fürs Kino in der Kulturbrauerei.
Um Mitternacht stehen wir an der U2, Senefelderplatz.

_ Kann ich noch zu dir kommen?

_ Bei mir ist es zu kalt.

_ Kommst du also zu mir?

_ Zu heiß.

_ Du bist einfach nicht verliebt, vor allem nicht in mich.

_ Nein, das ist es nicht, es fällt mir auch nicht leicht, dir abzusagen.

_ Ich konnte eben nicht.

_ Ach Quatsch! Das ist mir gar nicht wichtig.

_ One-Night-Stands hab ich auf Seiten der Typen verbucht.

_ Und nun bist du überrascht, dass auch eine Frau das kann?

_ Nein, ich fände es nur schade, dich nicht wiederzusehen.

_ Gehen wir noch zusammen etwas trinken?

Wir finden die Eleven n Lounge in Friedrichshain.

_ Jetzt fällt mir BEFORE SUNSET ein, wo sie sich nur eine Nacht und dann erst neun Jahre später unverabredet wiedersehen.

_ Ja, vielleicht sollten wir uns neun Jahre nicht wiedersehen und es grad so schön stehen lassen.

_ Du bist echt grausam.

_ Ich kann mich gar nicht wirklich verlieben zurzeit, ich bin irgendwie aus der Bahn geworfen seit der letzten Beziehung, seit die zu Ende.

_ Es ist jede Beziehung aus der Einsamkeit geworfen.

_ Uns vor die Füße. Komm, heb mich empor!

_ Deine Empörung hat Blut.

_ Erwartung zerstört alles, jedenfalls habe ich meine Schwierigkeiten damit, und jede Art der Kontrolle nimmt mir alle Lust auf weiteren Kontakt.

_ Wie fandest du meine Zunge?

_ Du bist schneller geworden, ich mag die Langsamkeit.

_ Und ich hab befürchtet, es beginne dich zu langweilen.

_ Meine Wohnung ist eiskalt, ich kann dich wirklich nicht mitnehmen zu mir. Andererseits, zusammen liegen wäre schon schön. Aber du darfst keine Erwartungen hegen, bitte.

Und im Taxi vor deiner Wohnung:
_ Ich möchte, glaube ich, jetzt doch lieber allein sein, schlimm?

Während der Taxifahrt nach Schöneberg fühl ich Tränen runter die Wange, bin aber gar nicht traurig. Kann der Leib traurig sein ohne mein Wissen? Vergangenheit und Gegenwart. Tiefste Traurigkeit und übergroßes Glück. Ununterscheidbare Kreuzung.

Am 30. Dezember rufst du mich in Zürich an:
_ Was machst du Silvester?
_ Ich glaub, ins Kino. Du?
_ Ins Kino? Keine Party? Ich hab's genauso. Kann ich mitkommen und bei dir übernachten?
_ Kannst du, sicher.

Im gleich wieder vergessenen Film weint ein Mann.
_ Schön, ein Mann, mit dem man weinen kann.
_ Ich kann dir Spaghetti machen, ich hab nur keine Zwiebel.
Der Kebabmann im Niederdorf will sie uns schenken eine Stunde vor Mitternacht; um zwei vor zwölf sind die Spaghetti gar, der Champagner knallt perfekt zum Glockenschlag, und aus dem Fenster hören und sehen wir massenhaft Feuerwerk emporsteigen; wir sind trunken von Küssen. Im Bett wieder dasselbe, nur anders diesmal, unwiederholbare Wiederholung.

Und du schmeckst feiner als jedes Essen.

Am ersten Januar gibt es wieder Champagner, zum Frühstück, dann joggen wir bei fast frühlingshaften Temperaturen, und obschon wir uns Alkoholwirkung nachflüstern in die nachtverlebten Ohren, ist es nicht deswegen, dass wir vor Lachen kaum rennen können und du mit den komischsten, grazilsten Bewegungen auch das Joggen

in ein Tanzen verwandelst, bist in allem eine Tänzerin, flüstere ich mir selbst ein.
Der Zug für deinen Flug fährt uns vor der Nase weg. So setzen wir uns hinein ins Imagine, den nächsten Zug abzuwarten. Dich schmerzt das Knie ein wenig. Vom Joggen, sagst du.

_ Vielleicht kommt's von Wachstumsstörungen. Während der Pubertät, denn ich war mit fünfzehn wegen nervöser Anorexie Monate im Spital, und je mehr man mich zwingen wollte, desto krasser hab ich mich verweigert. Warum sollte ich denn zu essen und zu leben gezwungen werden? Warum lässt man mir nicht die Freiheit? Ein Junge neben mir war schwer krank an Schläuchen angehängt, und immerzu Schmerzen hatte der, aber er war heiter. Er brachte uns alle zum Staunen. Ich hatte ihn gern, und einige Tage nach der Entlassung aus der Klinik wollte ich ihm ein Geschenk bringen, da haben sie mir gesagt, er sei am Morgen gestorben.
Es erzählend, produzieren deine Augen einen Glanz, ich weiß nicht zu sagen, ob du weinst oder nicht, und die Schönheit darin, damit berührst du mich, weil ich irgendwie meine zu fühlen, das Leben zeige sich mir in dir, und vor Rührung produzieren meine Augen einen Glanz.
_ Was ist das denn?
_ Ein Mann, der weint.
_ Lass uns heim, ich verschiebe den Flug.
Und beim Frühstück:
_ Drei Nächte nicht können, ist mir noch nie passiert.
_ Mir auch nicht. Und mich stresst es jetzt auch schon, nicht, weil wir nicht bumsen, sondern weil du so fixiert bist darauf. Denk einfach nicht drüber nach. Du denkst zu viel.
_ Da dies noch mehr zu denken gibt, erhoff ich mir einen Erkenntnisorgasmus, wo es im Kopf so hell wird und ein warmes Flimmern die Sicht nach innen kippen lässt im Großwerden von allem.

Die Omnipotenz ist das Thema der Menschheit im Allgemeinen wie des Einzelnen und des Mannes im Besonderen; und die Impotenz verweist auf des Geistes Innenpotenz.
Gedankenbruch.

Es ist auch die Intensität des Denkens als Sex des Erkennenkönnens. Darin haben wir den Zwang zu Gott und bewegen uns immer in der Mangel zwischen Minderwertigkeitsempfinden und Größenwahnwollen. Wir wollen in allem die alles besiegende und alles besiegelnde Vollkommenheit, ob wir es wollen und wissen oder nicht wissen und wollen. Ob wir uns aufhalten in der Kunst oder im Sport oder in der Technik oder in der Forschung oder in der Liebe oder beim Zeugen direkt oder beim Töten auch. Der anatomische Bau wiederum mit seinen vereinzelten und speziellen Funktionsorganen ist ganz banal und doch fundamental auf Großwerden und Großsein angelegt in der Körperlichkeit bei dem Mann im Besonderen, so dass alles, was das Größenwahnwollen vermindert oder verhindert, ihn frustriert und kastriert im Fühlen wie im Können. In aller Anfechtung und in jeder Ablehnung sitzt der nagende Wurm, der da ist von Natur aus gefräßig, nährt sich vom Nein und reproduziert es als Aas, und Aggression, Gewalt, Erniedrigung durch Empörung steigert die Kraftvorstellungen der Fickkraft empor ins Unerträgliche. Wer stattdessen vom Anbetenkönnen lebt, ja der.
Ach, der.
Dass sich Dominierenmüssen und Dominiertwerdenwollen so auflösen wie Geben und Nehmen, will gewöhnlich nicht erfahren sein und schon gar nicht erfahren werden, denn da drohen dem Gewöhnlichen das Ungewöhnliche wie das Unlebbare, wie sie per se überfordern, insbesondere innen im Lieben. Liebe ist aber das Unlebbare, das Kreuz von Vorstellung und Lebenkönnen davon, und darum ein Sterbenwollen füreinander die schönste Potenz in

diesem Fühlen für immer, was man nicht immer wollen können kann im Leben.
Romeo & Julia. Ach, die. Ach.
Die beiden großgeschriebenen Liebenden sterben, weil sie sich unsterblich lieben und lieber sterben, als nicht füreinander Zueignung zu sein immer Tag für Tag, immer Nacht für Nacht. Was ihre Unsterblichkeit ist, tagtäglich, auch nächtens, ohne ein Wissen darum.
Jetzt, nach dem Jahrhundert der definitiven Sterblichkeit, erfahren wir genau in der Gewissheit der Sterblichkeit gewissenhafter denn je die Ewigkeit, die uns fehlte schon immer. Oh schöne Farbe Blau. Empor zu dir! Genau die schon immer gefehlt habende und stets fehlen werdende Ewigkeit ist der Anfang und das Ende der Ewigkeit von nichts in uns selbst. Das Wort. Das helle Dunkel schlechthin. Das ist der Name Blau hinter der Ewigkeit. Das ist das Blau.

Dann fliegst du nach Berlin, meine Kurzmitteilungen bleiben unbeantwortet, die Anrufe unabgenommen. Und wie ich selbst ins Flugzeug steige, da halte ich jegliches Wiedersehen für ausgeschlossen. Habe Schach gespielt und nicht nur die Dame, sondern alles verloren, den Zug gemacht, der mich matt setzt. Endlich ist alles verloren, endlich ist das Nichtsmehrverlierenkönnen gewonnen. Ich danke dir, Amen. In diesem Moment kommt die Maschine nicht hoch und bremst bei zweihundert km/h brüsk ab, dass wir schockartig mit einem Knall rechnen. Am Rollbahnrand kommen wir zu stehen, es beginnt furchtbar nach Verbranntem zu stinken, im Nu auch rasen Feuerwehrwagen daher, doch laut Durchsage habe nur der zweite Fahrtenschreiber ausgesetzt, und es rührte der Gestank vom Bremsen.
Diese Maschine ist impotent.
Diese Maschine kommt nicht hoch. Genau in der Sekunde des mich Ergebens.

Jetzt fühle ich Wärme und denke es wieder und wieder: Du Durchatmen ins Ende nimmst alle Widrigkeiten auf zur Supernovasexgegenwart. Du Krankheit Liebe wandelst alle Neurosen in Überenergie. Und wie ich dir den völlig ausgefallenen Fahrtenschreiber mitteile per Kurzmitteilung mit Worten ohne Stimme, stimmst du sofort ein und antwortest sofort, fragst, ob ich spönne und wann wir uns wiedersehen werden. Diabolisch göttlich unbekümmert bist du, bist auf irrsinnige Weise spontan, bist immer das Wissenkönnen des alles Absurden, und mich haucht sie an, deine freche Lust daran, darin, daraus. Im Kino dann endet der radikale Liebeskrieg wie immer im unsterblichen Tod. Unterwegs zu mir fühle ich schon wieder die aufkommende Angst meiner abwertenden Erwartung, und obschon ich dir an der Schnittstelle zum Bett sage:

_ Ich erwarte gar nichts,

platz ich auf in plötzlicher Begeisterung:

_ Ich meinte, dass ich nichts erwarte, doch ich merke, dass ich erwarte, dass ich es ganz heftig erwarte, dass ich unumstößlich erwarte, dass du mich liebst, wie auch ich dich liebe, ganz voller Blau.

Und wie ich diesen Satz ausspreche, habe ich dich unversehens universal unter Druck gesetzt. Da verstummst du ebenso universal und dein Körper entscheidet für den Schlaf als Richter der Sekunde. Und deinem Richterspruch zum Trotz bin ich doch selig ob des Aussprechens, mir selber ein Rätsel, ich, der Abgeurteilte, und lache das reine Rätsel in den Raum, das Rätsel, das wir uns selber sind, da wir aus dem Phänomen Geist heraus nicht sind körperlich im Raum. Ich stehe auf, gehe ins Nebenzimmer, zünde eine Kerze an, lasse Gould Goldberg spielen und denke, dass das unlösbare Rätsel perfekt der Sinn des unlösbaren Rätsels ist. Es ist dies dem Wissen unzugängliche Wissen, das unbeirrbar irre macht. Dank euch, ihr Unbeirrten aller Zeiten, ihr ginget ja mit uns allen unbeirrbar über alles hinaus. Danke, du Tollhaus des Abrahamschen Starrsinns, der du alles Weglose, Verlorene, Absurde wegbar

machst, gewonnen, sinnverklärt, du machst sie aus, diese Riesenlust, dieses polymorph perverse Alleswollen. Und wie du am Morgen sagst:
_ Ich kann nicht mit dir zusammen sein,
kann ich lachen:
_ Wir können ja dennoch einmal zusammen tanzen gehen.
Anderntags deine Kurzmitteilung: *Ich kann's nicht abstreiten, möchte dich gern wiedersehen.* Also sehen wir uns schon am Nachmittag zum ultimativen Liebesfilm. Und obschon es zum Abendessen noch früh ist, sitzen wir um halb sieben ins Boccacelli an der Winterfeldtstraße und können schon kaum das Essen bestellen, weil wir dauernd lachen müssen, und wie Kinder, die plötzlich ob allem in Lachorgien fallen, in purzelbaumnärrisches Wiehern, verlieren wir jede Kontrolle, und wie Kinder dann mit dem Essen mehr spielen als essen, vergessen wir vor Lachen zu essen und vergessen die Zeit, und wie du zum Hauptgang statt zu essen den Kopf deines Fisches sezierst mit spitzem Besteck aus Tafelsilber, geraten wir an den Rand des Zwerchfellrisses. Die Tränen rinnen, die Bäuche krampfen. Jetzt müsst ihr sofort an den Kindertisch! versuchst du uns wie unsere Eltern zu ermahnen. Jetzt ist aber Schluss!, und umso schlimmer schön wird es. Und wie wir auch für die Nachspeise pro Löffelchen Tiramisu Minuten brauchen, sagt endlich eine der uns immer wieder anstrahlenden Tischnachbarinnen:
_ Wie ihr genießen könnt!
Tatsächlich ist schon Mitternacht, wir können's uns nicht weismachen, nur eins ist sicher: Wir sind völlig hinüber. Und wie wir die Treppe zu meiner Wohnung hochtorkeln, auch von Wein jetzt trunken, sagst du:
_ Aber bitte mach jetzt nicht wieder alles kaputt mit deiner Sexneurose, es ist so einmalig schön jetzt.
Wir lachen, und es ist schon Sex, der ganze Abend war einziger Sex des Lachens. Solche Erregung ist leicht Erregung öffentlichen

Ärgernisses und kann nur selten gut gehen. Im Bett, ich kann noch gar nicht denken, fragst du, ob es mir denn was ausmachte, mich selbst anzufassen, und hast damit den Narzissmus erlöst schon allein im Aussprechen. Schnell wird daraus ein gegenseitig Anfassen, und auch dies will nur noch maßlos in den Händen liegen sein.
_ Deine Hände kennen mich besser als ich selber, ich kann gar nicht genug kriegen von ihnen.
_ Wie du mir, so ich dir.

_ Hätten wir nun auch miteinander geschlafen, wäre ich in dir aus meiner Rippe entstanden.
_ Wie bitte was wie?
_ Wir entstehen, da wir vergehen im Moment des Füreinander-Ineinander-Miteinandereinswerdens, da wir aber nicht niemals kein einziges Mal aus dem Moment heraustreten können und eins bleiben dürfen, merken wir erst einen Augenblick später hinter den niedergeschlagenen Lidern, dass wir nun erst mit Recht in der Einzelheit und Getrenntheit verlassen sind. Und natürlich muss für Adam die an ihn angewachsene Eva von seinem Phallus in die Lust geboren sein, wie auch er von ihrer Schönheit in das ewige Blau des Himmels ganz kurz hineingestorben ist, wie ja dann auch beide abgenabelt zurückbleiben von der nur noch als Stummel und Stückwerk hängen gebliebenen Rippe im Erkennen als schon verlorenes Erkanntgewesensein oder im Entblößtfühlen als verlorenes Blößesein von Angesicht zu Angesicht.
Drum sind wir seit der Liebeseinbildung auch nicht aus Erde gemacht, sondern aus dem Verlangen nach der Ewigkeit. Blau zu Blau. Amen.
Und wie der Baum der Erkenntnis mit Adams erwachendem Erwachsen entsteht, so sind auch Eva die Äpfel am Leib gewachsen, und sie vergibt sich selbst als ihre Früchte für Adam.

Gegen Morgen schlafen wir, doch gegen Mittag kommt's schon wieder. Nur du jetzt und nur ich. Jetzt ist's die Paradieseszeit, jetzt ist's die fraglos gestrichene Welt und damit ist sie weg, die Welt. Und in der Tat kann jetzt die Verliebtheit in diesen Urstand fallen, oder vielmehr kann aller Anfang plötzlich hochkommen, oder alle Menschheitsschichten sind jetzt bis auf den Anfangsurgrund freigelegt.

Nun feiern wir das Paradies mit modernsten Mitteln.

Die Technik ist ja das Mittel zum Paradies und zugleich zum Weltenende.

Nun feiern wir das Paradies mit modernsten Mitteln, und gleich dem Weltenende ist alles Tollhäuslerfest im Weltenanfang nur Urgrund bei uns.

Wir holen uns also alles an Mitteln, an modernsten, angefangen auch schon mit den sogenannten DVDs, BREAKFAST AT TIFFANY'S, THE APARTMENT und SOME LIKE IT HOT, Verschiebung der Zeit in die Gegenwart und Unaufhörlichkeit, lassen sie uns erblicken, und wir erahnen uns darin und lachen schon wieder, denn was alle sehen, sehen auch wir, und was alle tun, fast tun wir's auch, doch ganz unser ist es das gegenwärtig Unaufhörliche selbst der anderen und keine Zeit mehr sonst, keine Welt mehr sonst, keine Pflicht. Niemandes Welt mehr, niemandes Zeit mehr, niemandes Pflicht mehr, außer uns. Hört ihr's, Freunde? Und einmal dieses Paradies getrunken, oh trunken wie tausend Jahr, ist unauslotbar Tier und Engel. Hört ihr's nicht? Doch das Paradies ist eine Unzeit und geschieht immer nur zur Unzeit, und wie alle Menschheitsgeschichten sind auch alle Nerven blank gefegt von Zeit und Erlebtem und liegen also da, blank. Blau, wo bist du? Und schon fällt die Angst vor dem Verlust in den Verlust, und alles

Begeisternwollenkönnen schlägt um sich, ist nur noch die Angst vor der Verlassenheit, welche damit, so schnell geht das, die Verlassenheit schon immer war, also schon immer ist. So langsam ist das Verstehen in uns, den immer schon verständig Dastehenden in der Welt mit aller Größe. Denn alles um des Geliebtwerdens Sagen ist eine Befleckung der Liebe. Alles um des Geistreichseins Sagen ist eine Befleckung des Geistes. Alles Sagen überhaupt ist Befleckung. Wie neurotisch kann ich dem Gesagten noch begegnen mit Sagen? Ich kann es versuchen: Es ist, sage ich, die Totalneurose die Reinheit, die blank gefegte Totalneurose Göttlichkeit, mit einem Wort: Es ist genau dies, der Anfang von Blau ohne Farbe.

Das Erkennen ist wie die Liebe Verwundung, derer sie immer benötigen, wie sie einander auch brauchen zum Brennen wie Holz, Nahrung, Luft. Und wiederum ist jedes Erkennen unbefleckte Jungfernzeugung, welche aus der reinen Einbildung geschieht. Die Superpsychose Liebe, die erst sich aufbäumt und bäumt und bäumt und bäumt und bäumt, wächst und gedeiht wie ein Geschwür aus Krebs und plötzlich dann umschlägt in die Ultradimension: Fantastisch! – Mit dem Niederschlag Mega in der Sprache des Alltags: zum Beispiel: Megatotgeil dein Supersexyarsch.

Überglück, Überlust, Übermut. Übersein: das Leben ist uns über, wir spinnen vor Glück.

Der Gedanke ist stärker als die Welt, stärker als das Leben, stärker als die Zeit. Wieso muten wir uns nicht den seelischen Schmerz zu? Wir schonen uns zu sehr, statt uns den Schmerz zuzumuten, welcher umschlägt in die paradiesische Lust der Spinner, der Weltenspinner von Uranfang an. Die Zumutung beginnt darin, dass wir uns das Ende zumuten, jederzeit, auch im allergrößten Liebesglück aus Liebesglück. Exakt genau. Hier fallen die östlich geschichtslose Aufhebung von allem und die westliche geschichtliche Endzeit von allem in eins: Die Welt fällt anfänglich empor in die Zeit zur Geburt der Zeitlosigkeit am Ende der Zeit, jederzeit.

Ein Anruf von dir lässt alles verfliegen: Lass uns Ski fahren gehen. Die Sauna des Hotels in Arosa ist zwar schmuddelig, doch wir sind allein nach dem Schnee und dem Eis und den eisigen Winden der Berge. Und einen kleinen Pool gibt es, erwärmt von Technik, wo du mich mit Nymphentanz angeilst:
_ Ich kann noch mehr.

Dann ist auch das Raclette nackt und mehr noch, der Weißwein auch, und dann auch die Sternschlittenfahrt und dein danach auch im Bett noch eiskalter Arsch. Und da du sagt, du werdest mich vermissen allein, denn auch das Einschlafen mit mir sei schon Körpersucht geworden, kann ich nicht mehr glauben, was ich fürchte und was also eh wie von allein geschehen will: dass wir gleich aus dem Paradies fallen werden, schneeeigenweiß. Obschon wir schon ausgecheckt haben, dürfen wir anderntags nach dem Skifahren nochmals in die Sauna, und weil es wieder zu schön ist und du dich mir beim Verlassen des Hotels in den zur Welt gewinkelten Arm einhängst:
_ Oh ja, je anhänglicher, desto lieber.

Das Stichwort hat dich wohl ins Mark getroffen, und in den Bus einsteigend sagst du, dass du schon am Abend oder morgen am Samstag nach Basel willst zu deiner Freundin vor deinem Rückflug nach Berlin. Ich nehm' es hin, wie es kommt aus deinem Munde, doch gleich hätte ich auch traurig zu sein nicht mehr überspielen können. Im Zug nach Zürich versuchst du ein Buch zu lesen, aber ich merke, dass du dich nicht konzentrieren kannst, und wie du dann immer sagst:
_ Doch doch, es ist spannend,

aber alle zehn Sekunden aufguckst wie Marilyn in SOME LIKE IT HOT, da verflüchtigt sich die Nüchternheit wieder aus meinen Nüstern in den Nebelwolken meines heißen Atems, wie er da so abkühlt in der Luft zwischen uns. Und da das Lächeln selbst gefrieren kann bei so viel unter Null, boxen wir in Zürich an der Bushaltestelle noch miteinander, um uns das Frieren zu vertreiben, doch im Bus meine Hand unter deinen Oberschenkel schiebend:
_ Deine Hand ist kalt,
und schiebst sie weg.
_ Das hat mich jetzt verletzt.
Nun blickst du völlig entsetzt, und nach dem schweigenden Hochgehen in die Wohnung sagst du:
_ Ich mache immer alles kaputt.
_ Nein, ich bin nur übersensibel und wegen nichts beleidigt.

Nun wissen wir beide nicht mehr wie, nur dass wir angeschlagen sind, jeder auf seine Weise und also irgendwie für den anderen, und also auf eine Stummheit hinuntergedrückt, hoffen wir uns mit Wein und Spaghetti zu befreien. Während ich koche, sitzt du tief im Sofa und klammerst deine Hände an die heiße Heizung. Ich sehe das Schema von Äffchen mit Hospitalismussyndrom, und aller Wein und alle Spaghetti, auf die wir uns im Zug noch so gefreut, sie wollen nicht helfen. Ich bleibe schlaflos und will mir immer die Hand abhacken mit einem Beil, weil sie sich unter deinen Oberschenkel gelegt und alles kaputt gemacht hat. Endlos höre ich: *Wenn dich aber deine rechte Hand ärgert, so haue sie ab und werfe sie von dir, denn besser ist es, wenn eines deiner Glieder verloren geht, als dass dein ganzer Leib in die Hölle geworfen wird.* Alles Pathologische rührt vom Glauben her, der die Realitätsverneinung zur Bedingung und das Leiden daran zur Substanz hat. Es gibt nur ein Unglück im unglaublichen Grundglück der Tatsache Welt: Unglauben. Und Glaube aber ist das Traurigste und Verstörendste der Welt. *Wer nicht Vater und Mutter und Schwester und sich selbst und das Leben hasst, ist meiner nicht würdig.* Und finden wir aber jetzt darin das heiligste und radikalste Leben für uns, so verausgaben wir uns immer und leeren uns immer auch aus und wollen durchbohrt und gesteinigt und verflucht werden und sein, worin wir uns wiederum als verabscheuungswürdigste Krankheit erkennen und verachten zugleich. Aber jedes Leben ist zum Ende hin gekreuzigt. Die Toten allerdings nimmt keiner vom Kreuze herab, vom Berge hinab ins Tal mit zur göttlichen Auferstehung, und das macht die Einsamkeit aus des unglaublichen Sterbens des Menschen. Die Toten, sie schlafen, heißt es, aber schlafen sie miteinander innen im Blau?

Am Morgen ist es das Erste, was ich dir sage, und das hat dich natürlich nicht entspannt, und wie ich das merke, ist kein Beil in der Nähe, und aus dem Fenster bin ich auch nicht gesprungen, war es doch so technisch verschlossen.
_ Nun wirst du den Namen Königin aus deiner Namensliste streichen.
_ Ja, aber ich werde ihn durch den Namen Göttin ersetzen.
Die Schwere bleibt, und am Bahnhof mit wieder zu viel Zeit vor deinem Zug nach Basel sitzen wir wieder im Imagine:
_ Es geht nicht, ich werde eiskalt und gleichgültig. Es ist besser, wir sehen uns nicht wieder.

Ich begleite dich zum Gleis.
Ich trage deinen Koffer.
Trage das Gewicht bis zu einem freien Platz und ertrage mich selbst nicht mehr und sage schwach auf Wiedersehen.
Du setzt dich apathisch.
Hinten bei der Halle sehe ich, dass es noch eine halbe Minute dauert bis zur Abfahrt, ich drehe um, renne bis zu deinem Wagon vor, klopfe ans Fenster, winke so heftig, dass du auch nicht anders kannst als lachen. Der Zug rollt an, fünf Meter bis zur Rolltreppe

renne ich parallel mit, und mit einem Male dann bricht's ab. Architektur der Dinge.

Obschon ich mich auf nüchternen Magen mit Whisky betrinke, rollt mit den Zügen dein Lachen davon und mir bleibt: die Erinnerung daran. Alles war schön, und wenn dies das Ende sein soll, so ist es doch ohne Weiteres eine maximale Liebe gewesen, nur ohne Weiteres.

Sonntag

In der Liebe ist dich lieben schon deine ganze Gegenwart. Und du schenkst mir dein Lachen, du schenkst und schenkst und schenkst es mir.

Montag

Indem ich dich liebe, liebe ich mich selbst, und indem ich mich selbst liebe, bist du bei mir.

Dienstag

Dich unermesslich liebend beschenkst du mich unaufhörlich mit unermesslicher Lust unermesslich schön! Und dass du dich selbst liebst, ist dein einziges unermessliches Liebesgeschenk!

Mittwoch

Wenn ich ganz bei mir selber ganz bei dir bin, wie bei mir selber bei der Sprache und bei der Sprache nicht bei mir selber, dann kann ich gewiss sein, dass ich nicht ganz bei mir und nicht ganz bei der Sache und überhaupt nirgendwo nicht ganz spinn.

Donnerstag

Der Sprache kann sich nicht einmal Gott entziehen, weil er sie ist, und die Sprache liebend liebst du mich wie mich selbst.

Freitag

Der perfekte Macho ist eine Frau von unendlicher Aufmerksamkeit. Und die perfekte Diva ist ein Mann von unendlicher Zärtlichkeit. Und umgekehrt ist die Diva genauso Macho und der Macho genauso Diva. Das ist ein Unsinn mit der Machodiva und dem Divamacho, aber zu irgendetwas hast du mir jedenfalls sprunghaft verholfen, vielleicht zum sprunghaft Dauerndsten oder zur dauerndsten Sprunghaftigkeit.

Samstag

Lasse ich aus.

Am Sonntag du

Wann kommst du nach Berlin? Es ist Berlinale.

Wenn ich daran denke, dich zu sehen, muss ich lachen. Wenn ich nur schon daran denke, dich zu sehen. Mensch die Vögel, so sinnlos schräg auf dieser Welt, so einfach da für nichts. Da für nichts

sind wir alle, aber du kannst es bestehen. Du stehst so um nichts in der Welt, dass alles schon posternst ist. Alles im Allerallerernstesten schon posthum. Für Montag habe ich eh gebucht, wir sehen uns schon am Nachmittag zu gleich drei Filmen und erst gen Mitternacht essen wir im Bartolucci eine Pizza. Dann bitte ich dich, bei mir zu bleiben.
_ Nur ohne Sex.

Ich bin selig und kann nicht schlafen vor Glück und Erregung. Und gegen Morgen hin beginne ich mich langsam, ganz langsam selbst zu befriedigen, durch dich neben mir mit viel größerer Geduld in riesiger Lust, dass sich die ganze Haut wie in der Sauna schweißperlend in Wonneporen verwandelt und ich schon ganz nass liege. Da verzückt mich dein vollkommener Leib, in selber Beinstellung, am Kreuz, wo die Gottmarter mit Dionysos verschmilzt, die Füße übereinander, doch eine Hand am Schlangenstab Mysterien und die andere auf dem Sohnherz Vater, das Atmen der allverzückenden Leibeslust, Liebeslust, Gottlust dreieinig. Dann schlafe ich ein und werde von den Dorfbewohnern meiner Kindheit immer kälter und wütender angestarrt, in einer Art Gemeindesaal, als Sexverbrecher angeklagt. Schon werde ich abgeführt, zur Todesstrafe. In naher Entfernung steht mein toter Vater, ich falle in die Knie und schwöre, dass es Christus ist, dessen Leibtempel die Kirchen hassen. Erwachend rückt mich die Kreuzigung zurecht: Gott ist eine Verstiegenheit und eine Vermessenheit und eine Überheblichkeit für die Menschen, und die Unschuld wird mit Recht gerächt. Zur Latte macchiato habe ich den vollen Narzissmus und erzähle dir doch wenigstens den Traum.

_ Du bist echt gottfixiert, lass mich damit in Ruh.
_ Nein. Es ist das bedingungslose Niedrigwerden ob der Überhöhtheit der Worte, bis das Fleisch selbst Wort wird. Die Ewigkeit ist eine Lebenslästerung an der Sterblichkeit, bis das Sterben selbst

ewig wird. Die Vollkommenheit ist ein Verbrechen gegen die Schwächen, bis die Schwächen selbst vollkommen werden. Die Liebe ist das Göttliche per se, und im Verlangen zu ihr wird auch alles Verpatzen nur noch mehr Liebe. Kein Fehler ist ein Fehler, sie wird nur immer schöner entsetzlich. Das Göttliche kann nur wachsen, wenn wir es nur immer wachsen lassen aus dem Fehlen heraus. Die Liebe wächst auch in der Niedergeschlagenheit, Verlorenheit, Verlassenheit, sie wächst im Verlust hinaus. Das Missliche brauchen wir gar nicht erst zu verhandeln, und wenn wir das Missliche doch ins damit noch Misslichere verhandeln, wird's erst recht göttlich, man kann davon nur verrückt werden, toll. Drum wird der tolle Mensch zuerst Gott und damit definitiv wahnsinnig, was er schon immer ist. Dich ganz wollen und dich ganz lassen. Wir sehen uns immer wieder wie nie wieder ohne Unterschied. Ich liebe dich und ich brauche dich nicht. Alles ist ein Mangel an Grausamkeit gegen sich selbst, denn jedes Leiden am Leiden ist eitel.

Doch wie du gehst, habe ich sogleich das Leiden, dir zu wenig gezeigt zu haben, dass es mir nichts ausmacht, wenn du mich nicht vermisst, und ich falle in den Zirkel des dir die Freiheit und Unabhängigkeit Zeigenwollens, welche also fehlen.
Denn ich merke wohl, dass ich dir nicht fehle, doch statt es einfach als das stehen zu lassen, will ich dir zeigen, dass du mir auch nicht fehlst und dass es kein Fehler ist, wenn ich dir nicht fehle. Und so sende ich dir die Kurznachrichten, die meine Freiheit und meinen Übermut zeigen, und merke immer erst nach dem Absenden, dass sich damit nur noch mehr die Unfreiheit und die Angst gezeigt hat. Der Tod und Teufel ist die Fixiertheit auf das perfekte Verhalten. Es ist die Idealität der Worte, welche an jeder noch so souveränen Erklärung die Unsouveränität nur noch krasser macht. Denn es gehört zu den Worten, dass sie Glauben sind, also von der Realität abgelöst, versteigbar, behauptbar, verirrbar, lügbar, lächerlich.

Und wiederum beherzen die Worte ja auch die Begeisterung, diese Eigenschaft ist ihnen eigen, tief in ihrem Inneren können sie auch dies.

Dann dreht sich die Schwäche und das Nichts der Worte wieder um in das Fest und das Fliegen über alle Realität hinaus, welches die Realität vergöttlicht, chancenlos. Diese höllische Hirnzange, wenn die kleinen Bagatellen ins irrenanstaltreife Kirrewerden plagen, genau diese wird zum schärfsten Engelsinstrument der Präsenz, die nur die Worte ermöglichen. Der Dämon ist die Besessenheit, jede Sucht, das Hängen an dir überhaupt. Aber genau das von dir Besessensein ist deine Gegenwart. Jetzt spüre ich dich gottviehisch in mir als ich selber genau in dem Moment, wo ich von der Liebesbesessenheit einen Moment frei bin, wie ein gezähmtes Wildpferd oder ein scharf nur mehr blickender Dobermann oder Zuchtbulle oder Stallknecht spüre ich dich als meinen eigenen Dämon in mir besiegt. Und so wirst du Dämon selbst zum Engel. Und genau jetzt rufst du natürlich mich an und sagst, dass du lebst, dass es dir gut geht und wir uns gerne sehen können.
Ich sage, dass ich grad am Denken vom sich Wandeln der Dämonen in Engelsinstrumente, in Musik, in zu Tanz gewandelter Schmerz, und du:
_ Dann lass ich dich jetzt also weiterleiden,
und lachst. Und Liebe ist genau das lachende Leiden. Und wiederum ist dein Lachen und mich Leidenlassen das real fatale und ideal schicksalschaffende Ungleichgewicht, dass die freiere Seite auch die kältere ist und dass die schwächere bedingungsloser liebt. Je mehr wir dem Ideal auf der Spur sind in den sandigen Wüsten namens Leben, desto mehr nimmt uns die Wüste in ihren mütterlichen, endlosen Schoß voller Kälte des Nachts, bis entweder das Ideal stirbt oder das Leben oder bis das am Leben sterbende Ideal die zum Sterben schönste Liebe wird, oh Mutter. Das habe ich jetzt nicht gesagt. Verschmerzt noch mal! Der Teufel ist ein Wortgott

und sagt, der Engel sei ein Gottwort. Oder der Teufel ist ein Liebesgott und sagt, der Engel sei eine Gottliebe. Oder der Teufel ist ein Sexgott und sagt, der Engel sei ein Gottsex. So sagt der Teufel die Gotteswahrheiten, sagt der Teufel. Und es ist doch das Mindeste an Teufel und Dreieinigkeit oder eben auch Anstand, 007 der Unwürde zu sein, Mohammed Ali der Niedergeschlagenheit. Und schon ist das Unumstößliche wieder eine unbesiegbar tänzelnde Boxweltmeisterin aller Klassen im Fliegengewicht aller Vögel, genau das bist du.

Und wie wir uns wiedersehen, sind wir übermütig schon weit über das Maß hinaus, landen wieder in der Eleven n Lounge, trinken Mojitos und Mojitos und sprudeln bodenlos nach unten in Richtung Urgrund Paradies. Nachts dann um drei, noch immer unterwegs, spielen wir mit dem Gedanken, gleich irgendwie durchzumachen und am Morgen um neun den KINSEY-REPORT zu sehen im Filmpalast am Potsdamer Platz. Nun willst du unbedingt tanzen und fragst den Barkeeper, mein Gott ist der schön, was jetzt der wohl coolste der Clubs wäre zum Tanzengehen.
_ Ich habe einen unpassenden Pullover.
_ Zieh doch den Pulli einfach aus.
_ Das T-Shirt ist hässlich.
_ Na und, das geht perfekt.
_ Ich habe auch schon arg viel getrunken.
_ Das ist doch völlig egal, ich auch, das werden wir ewig bereuen, wenn wir jetzt nicht tanzen gehen.
So treten wir auf die Straße.
_ Okay, gehen wir.
_ Nein, jetzt will ich nicht mehr, es war mir zu unspontan, jetzt habe ich keine rechte Lust mehr.
_ Das kann jetzt nicht wahr sein, lass uns gehen, bitte, ich will, ich bin bereit!
_ Es ist schon spät, ich bin müde.

_ Aber du hast doch gesagt, wir werden das ewig bereuen, wenn wir jetzt nicht tanzen gehen.
_ Das kann man ja auch ein andermal.
Jetzt bin ich endlich restlos verstört. Du warst bereit zur gemeinsamen Ekstase und ich habe es uns versagt. Schon stehen wir vor deiner Wohnung:
_ Also dann, wir sehen uns beim Marlene-Dietrich-Platz.
_ Wollten wir nicht durchmachen?
_ Ich will schlafen, schau, ein Taxi für dich.
Ich liege schlaflos, nur mehr wartend, dass es Zeit ist fürs Kino, wo ich schon mit Übelkeit ankomme. Wir sitzen oben auf der Balustrade in der ersten Reihe, und da es so sehr das universale Sexthema ist, das zugleich so akut fehlt und das hier so einseitig ohne die Transzendenz des Sexes dargestellt wird, finde ich es so entsetzlich wahr kaputt und wird mir so übel, dass ich fast mehr damit beschäftigt bin, nicht vom Balkon zu springen als den Film weiterzusehen. Danach willst du gleich noch den Pasolinidokumentarfilm sehen, und schon die Abdunkelung und erst recht Pasolini trägt in seiner Passion über den Augenblick und die Welt hinweg. Dann sagst du Tschüss, und ich merke schon, dass wir uns Monate lang oder länger oder wahrscheinlich nie mehr werden wiedersehen werden. Ich komme nach Hause und denke nicht an Schlafen, aber ans Schlafen. Diese Unspontanität des ungetanzten Tanzes der Körper kann noch nicht der Grund gewesen sein, der diesem Körper das Leben beendet, auch wenn er dies Leben beendet zu zweit mit Anspruch auf Urgrund. Es ist die zur Zerschlagenheit kommende Erfahrung der Liebe, dass sie ein unsterbliches Leben in der Sprache ist. In dich, Sprache, können wir hineinsterben, ohne zu sterben, du nimmst alle und alles in dich auf. In dir kann ich immerzu neu zu tanzen mich beugen. Dies Pochen ist der Schmerz, der den Schmerz in Wärme verwandelt, in das Brennen ohne Flamme sicherlich. Hätte ich dich gestern im Tanz erlangt, verschlungen, so verschlüge es mir jetzt nicht die Sprache und ich

hätt' gar keinen Grund hinabzusteigen in den göttlichen Schlund der Worte, mit denen ich das Nichterlebte zu Leben erwecke, um dich so leibhaftig zu erfahren wie möglich, möglicher als mit dir.

Es ist nicht geschehen. Es geschieht somit in der Sprache auf ewig. Zur Sprache verkomponiertes Liebesleid, Schubert, wie lächelt unser aller Müller mich an. Mit neuester Technik auch allein. Hinter vorgehaltenen Dämmen. Und alle Wasser fließen.

Ich habe dich verloren, doch jetzt bist du in der Sprachverlorenheit unverlierbar gefunden. Ai ans Nichts gekreuzigte Sprache, dich holen wir von keinem Berg herab, niemand: Die schärfere Präsenz ist deine eigene Evidenz. Wie perfekt also, dass du dich nicht an mir verlierst und immer maximal lebendig bleibst. Wie gut, dass du einfach gehst und auf nichts reagierst wie nicht existent: somit ich deine Nichtexistenz erlebe. Und ich sehe die nicht zu erlösende Unerlöstheit und muss lachen, was mich erlöst und mir Gelöstheit gewährt, die mir fehlt.

Lachen und Weinen: das sich Lösen aus der Gefangenheit in die Realität.

Du bist so sensibel, dass immer ein Schnitt bleibt. Schönheit ist Wunde der größeren Lust. Du schenkst mir diesen liebsten Schnitt, du schenkst ihn mir immerzu, du schenkst und schenkst und schenkst ihn mir, und das ändert sich nicht. Schnitter der Schönheit. Und schon erfahren wir alle Übersensibilität, jede Überreaktion und Übernervosität, dass wir uns aufladen können, wo sachlich nichts wäre als ein Engel, der sich in uns niederschlägt. Hast du noch Pfeile im alles verschossenen Köcher? Es wachsen jede Sekunde hundert neue. Dann kommt dein Anruf:
_ Ich will dich bekochen.

_ Du willst mich bekochen, ohne dass du da bist, einfach, indem du mir sagst, dass du mich bekochst und was es dazu gibt, und unser nichtgegessenes Essen wird uns umso unvergesslicher bleiben.
_ Nein, ich will dir ein fünfgängiges Menu kochen.

_ Ich erwarte eine Packung Chips zum Apéro, einen Apfel zur Vorspeise, eine Karotte als Salat, ein Stück Brot als Hauptgang und eine Orange zum Dessert und freu mich riesig drauf.
_ Lass dich überraschen. Aber hast du kaltgepresstes Olivenöl, Dijonsenf, Hennessycognac?
_ Aber ja, auch Salz und Zucker, für Pouilly-Fuissé, Brunello di Montalcino und Dom Pérignon sorg ich auch.

Und wie du zur Tür hereinkommst, ist es unverkennbar, dass wir begeistert sind. Blumen stehen auf dem Tisch, Kerzen brennen, die blitzblanke Küche ist dir überlassen.
_ Kann ich helfen?
_ Nix da, mach, was du willst, aber das Eintreten in die Küche ist dir verboten. Ich brauche mindestens eine Stunde bis zum Apéro.
_ Dann werde ich erst mal in Ruhe ein Bad nehmen und mich rasieren.
Doch wie ich nur vom Badetuch bedeckt aus dem Bad komme, riecht es so gut nach Cognacsauce:
_ Wie gut das riecht!
_ Komm ja nicht rein!
_ Lass mich einen Blick lang sehen, ich esse ja nichts.
_ Sicher nicht!
Wir beginnen zu kämpfen und schießen wahllos Pfeile. Nichts ist zu viel oder zu krass, auch wenn mich in dir finden immer noch ausgeschlossen ist. Deine Lust ist größer als das Universum gewachsen, Himmel, du Krähe, wir kriegen den Liebeskrampf, du krächzende Nervenanstalt, du vollstes Tollhaus. Erwachend kann ich dich hören:

_ Nur aus dem traurigsten, erloschensten Grund wird die Spannung nicht zur Verspannung und kann das Glück steigen, ohne dass das Abstürzen immer und immer wieder die Ruhe des Raubvogels verliert.
Doch kaum bist du weg, ist der Schmerz wieder da, und ich trinke davon deine Zärtlichkeit. Das ist die Apodiktik des Happy End, wenn auch das Ende nur den Schmerz besiegelt. Dass wir verzweifeltes Tier aus Elend auch vor Glück weinen, bleibt unser augenfülligstes Jenseits. Drum ist das herzzerreißende Ende Bedingung und Folge der unermesslichen Liebe und deine Kreuzigung Zeugung von Ewigkeit.

Von dir kommt das tägliche Nichts, ich fliege nach Zürich, es ist bereits März. Es ist das Maximum, nichts mehr zu vermeiden. Dann ist auch das Gespräch kein Hin und Her mehr, sondern ein einziger offener Raum. Dann wird die Worterregung die Gotterregung in alles. Ultrawonnegeruch. Wohin hat der Weg geführt? Ins stille Gottnichts des Sexualseins selbst. Es leuchtet zum ersten Mal die Geilheit des Sexes als tierische Kraft in der Amor Intellectualis Dei aus deinen Augen mir entgegen, du. Keine Anmache, kein Aufriss. Es sind die Worte schon immer gebettet im stummen Leib unserer Augen, es ist das Lachen schon immer die Lust ohne Geilheit auf Gier in dir in mir, und das Begehren fällt nicht auseinander dadurch, sondern ineinander von selbst.

Dann kommt dein Anruf. Und wir fahren nach Zermatt. Es ist das fantastischste Märzwetter, der beste Sulzschnee, und nicht nur, weil wir dauernd das Matterhorn sehen, schreien wir unablässig den ganzen Tag. Wir jauchzen zu jedem Schwung, restlos irre. Das Hotel hat einen großen und einen kleinen Pool, viel schöner als in Arosa, und auch die Sauna ist allerallerfeinst. Und weil wir auch hier die Einzigen sind, fallen wir auch hier hinüber. Im großen

Becken der schwimmende Stör, im kleinen Whirlpool die Nixe, die immerzu schreit:
_ Komm ja nicht zu mir herüber!

Es ist erst acht, und wir haben noch keinen Hunger. Dann eben Kino. Wie immer. Jude Law, ihn findest du sexy. Was sitzt du neben mir so distanziert und schaust so verträumt auf die Leinwand? Wieso werde ich eifersüchtig auf diesen Dandy und denke, es geht dir genau so, dass du als Königin von vielen nur mit mir spielst? Obschon ich es nur selbst auslöse, kann ich es nicht verhindern: Es bricht mir aus diesem Film der Neid auf deine Schönheit und Freiheit aus, und du bist auch verschlossen danach, vielleicht nur wegen meiner Eifersuchtsprojektion, die du genau merkst. Und schon sind wir verblockt. Wir finden eine Pizzeria, wo man sich alle Zutaten auf einem Zettel beliebig ankreuzen kann, und spielen das Spiel, ob wir uns schon so gut kennen, dass wir wissen, was der andere wählt. Es gelingt beiden unheimlich gut, aber es macht uns nicht verspielt, sondern hat uns die Stimmung nur noch arger auf den toten Punkt verspielt. Wir sitzen wie schon im Imagine gelähmt. Wir sitzen da und können nicht einmal die Pizza essen, auch nicht den Wein trinken, es bleiben die Gläser voll, und es geschieht nichts. Unerträglich ist es, und wir wissen nicht wieso:
_ Ich bin eifersüchtig auf deine Freiheit, dass du gehen kannst wie nicht mehr existierend und wir keine Verbindlichkeit haben, was ich zwar auch das Beste und Wahrste finde, aber ich bin dazu doch grad zu anhänglich, zu schwach. Und wie fandest du denn Jude Law?
_ Ich fand es bemerkenswert, wie er immer dem Zuschauer seine Gedanken mitteilt, und seine Art entspricht meiner, dass ich unverbindlich bleibe, bis die Verbundenheit unvermeidlich ist ohne jede Erwartung.

_ So geht's mir auch, aber jetzt fühle ich mich nicht gewachsen unserer Art frei zu sein von Erwartungen und von dir abgewiesen, na, zeigt wohl nur, dass ich nicht erwartungslos genug bin.
_ Ja, ich bin ein Monster, und ich sehe, dass ich dich damit verletze. Es ist besser, wir sehen uns nicht wieder.
_ Wir sind hier wahnsinnig vor Glück miteinander, und du sagst wieder, besser sehen wir uns nicht wieder? Das kann doch nicht wahr sein, das ist völlig verdreht.
_ Es wird unerträglich, und also besser lassen wir es.
_ Aber du verletzt mich doch viel mehr, wenn du mich nicht wiedersehen willst, als dass du mich im Sehen verletzt. Und hundertmal lieber will ich in den Begegnungen von dir verletzbar bleiben als dich nicht wiedersehen, was mich am heftigsten verletzt.
_ Die Grausamkeit des Nichtwiedersehens ist die bessere als die Halbheit der netten Verletzungen.

Diese Pizzeria ist in einem Keller, ohne Fenster sitzen wir in einem Bunker und können uns nicht mehr ansehen, sind aber so gelähmt, dass wir auch nicht mehr wegsehen können. Endlich sagst du:
_ Wir müssen essen und Wein trinken, wir müssen, damit es uns löst.

Noch ist es stumm zwischen uns, doch wie wir hinaustreten auf die Straße an die Bergluft unter die Sterne, hängst du am Arm dich mir ein:
_ Ich bin ein Monster, aber vielleicht nehmen wir nur alles zu wichtig.

Und weil mir wichtig dein Arm in meinem und mir dies ausreicht als Sprache, schweige ich jetzt.

_ Und weißt du, ich ertrage eh keine Gewohnheit, ganz schlimm, jeder Alltag macht mich sofort krank. Drum brech' ich auch jeden

Job nach Kürze wieder ab und fange etwas Neues an und mache meistens nichts. Und wozu überhaupt die Träume verwirklichen, wenn das Träumen schon mehr ist als jede Wirklichkeit?

Es ist Wärme wieder, auch wenn ich nicht schlafen kann. Am Morgen hoffe ich dich überzeugen zu können, noch eine Nacht zu bleiben, um das Ende wegzuwischen, und obschon wir wieder jauchzen auf den Pisten, lässt du dich nicht zum Bleiben erwecken. Wir fahren abends gen Visp, dazu ich dir unablässig die Füße massiere, was du unendlich genießt, dass mir der Bauch weh tut vor Vorlust. Zwischen Thun und Bern schenke ich dir den Bikini, den ich heimlich noch gekauft, und du hast so Freude, dass du ihn als Mütze anziehst, was so komisch aussieht, und wie du in Bern aussteigst, immer noch als Monster des Nichtwiedersehens, will ich die Einbildung immer noch nicht als himmlisches Trugbild einsehen, sondern damit ohne Weiteres als unerreicht bare Liebe.

Und dann folgen Tage von Leben so einfach so vor mich hin, in den Worten.

Alles steigert deine Gegenwart.
Wenn sie mir alles ist.
Alles steigert den Glücksschmerz. Als Maßlosigkeit der Steigerung, aber es ist unerträglich, das ist es. Es ist der Zug ins Unerträgliche, welcher alles so extrem werden lässt. Doch genau um der Unerträglichkeit willen geschieht die Unerträglichkeit, auf dass wir die Unerträglichkeit als Göttlichkeit erfahren, die uns unerträglich ist. Heureka! Die Unerträglichkeit der Dinge, wie sie eben liegen, ist die Bedingung der Erfahrung von unerträglicher Göttlichkeit, und wäre es nicht unerträglich, es wäre unerträglich lau. Und du machst Ernst mit dem Nichtwiedersehen, obschon wir es doch so unerträglich schön hatten, und ich kann es nicht und ich will es nicht ertragen. Und wenn die unerträgliche Lauheit wie das göttlich Unerträgliche immer ein Hinauslaufen ist aus der Welt, zu auf das Sterbenwollen, entweder aus Überglück oder Überdruss, dann ist das jetzt nicht das Luststerben, sondern das ist jetzt der Frust des nicht mehr Lebenwollens. Doch wenn es Liebe sein sollte, wenn es die Liebe zwischen uns sein sollte, dann sterbe ich nicht und kann darin sterben, und alles wird nur noch zum Sterben

schöner. Und wenn es nicht die Liebe wäre, stürbe ich auch nicht, denn für die Nichtliebe lohnt es sich nicht zu sterben. Nie.

Aber ich habe zu dir hin eine Idealität behauptet, an welcher ich nun vielleicht schlecht sterbe, weil ich die Unwahrheit nicht ertrage, die in Wahrheit lautet, dass ich es nicht kann, dieses dich ohne Erwartungen zu lieben, obschon ich doch deine Liebe ja kenne in ihrer Freiheit.

Doch es ist ganz und gar mein Wille zur Liebe, hin zu deiner, dass ich dich ganz und gar ohne Erwartungen lieben möchte, auch wenn ich die Größe dazu gar nicht hätte in mir, in meiner Art und Weise zu lieben, dich zu lieben, und lieber sterbe ich an der Ungröße, als die Größe der Erwartungslosigkeit aufzugeben für lau. Lieber sterbe ich, bis die Größe wahr wird, und sie wird wahr, denn im Tod ist keine Erwartung, und aus lau macht er kalt.

Wochen um Wochen dein tägliches Nichts.

Das ist meine Gegenwart. Die dies dein Nichts ausfüllt in mir wie Gott sein All. Nur dass er nie erschiene, wie idiotisch ist denn das den Allbewohnern dieser Göttlichkeit? Mir, den anderen? Wann erheben sie endlich die Klage, wir, wann verlangen sie Einsicht ins Innere ihres Loses? Sie und ich? Erscheine!

Doch es ist Gegenwart, verdammt, die ganze Geschichte, wenn in verdammter Sehnsucht die Zeit zum Raum wird, eine einzige Gegenwart dies alles! Dein Gedanke selbst wird deine Gegenwart, die im Verhältnis zu deiner Ungegenwart wächst, du Gegengegenwart. Und nun? Wir sind ja in derselben Luft derselben Welt, wir sind zusammen im selben Raum, eines sind wir auch getrennt, also untrennbar beisammen. Nicht einmal der Tod kann uns dies nehmen, dass wir uns begegnet sind.

Doch wie werd ich frei von dir und also für dich? Es ist perfekt beendet so, und Weiteres braucht es gar nicht. Dann dieser Gedanke: Dich besiegen mit echter göttlicher freier Unabhängigkeit ins

Selbstverliebtsein des eigenen Körpers, mein Ein und All ich selbst. Dann: Dich besiegen mit grausamster Gelassenheit, mit der permanenten Glückswut um jeden Preis, mit der Allgewalt des wahnsinnigen Nichts, mit der Entsetzlichkeit der Ewigkeit, also der permanenten Nichtigkeit der Welt, des Seins, des Lebens. Und dann, ja dann, dann, dann, hör zu: Erwachter erst, dann bereits Erwecker und schon bereits Erlöser und schließlich Messias. Das ist doch das Mindeste an Respekt vor der Schöpfung, zum Gottsohn und Nichts zu werden, zum Liebestyrannen, Lebensbefreier und, wenn's sein muss, zum Sklaven der Ohnmacht, zum mächtigsten!

Und dann verlangt der Körper nach Milch.

Es muss doch möglich sein, dich zu locken, mich wiederzusehen.

Hast du nicht gleich Geburtstag? Also kaufe ich Pasolinifilme der Sechzigerjahre, und mit der Einladung zu einem Pasolinifestival packe ich zartest sie ein. Aber wie werde ich's dir schicken von Berlin aus nach Bern, fünf Tage vor deinem Dreißigsten? Möglichst sicher, damit es auf keinen Fall nicht bei dir ankommt. Die Post beim S-Bahnhof Friedrichstraße ist die einzige, die abends nach acht noch geöffnet hat. Ich sende es dir eingeschrieben, damit du nicht behaupten kannst, du hättest es nicht gekriegt. Doch kaum trete ich aus der Post: Was bin ich für ein Spießer? Eingeschrieben ein paar DVDs zu senden, was wirst du von mir denken? Das ist vollidiotisch. Und ich stehe wieder in der Warteschlange der Post, komme aber zu einer anderen an den Schalter nebenan, und ich erkläre ihr, ich sei sehr verliebt und hätte eben ein Päckchen eingeschrieben gesandt, aber das sei mir jetzt peinlich, weil das damit so offiziell wirke, was zur Liebe überhaupt nicht passe, und ob ich das rückgängig machen könne. Die Postschalterfrau sagt mit großem Ernst:

_ Nein, das ist sehr gut, dass Sie das eingeschrieben senden, denn damit zeigen Sie, dass es Ihnen mit ihr ernst und sie Ihnen wirklich wichtig ist.
Und ich nehme dies Wort der Postfrau als Schicksalswort und bedanke mich, und sie hätte mir jetzt das Richtige zu tun geholfen. Doch kaum trete ich aus der Post, denke ich: Aber genau, dass ich damit zeige, wie wichtig es mir ist, ist ja das unendlich Peinliche! Und ich stelle mich wieder in die Reihe, doch wie mich dann die Postschalterfrau schon von Weitem komisch ansieht, find ich es doch zu blöde und gehe hinaus, aber kann das doch auch nicht so stehen lassen und dreh mich um, und noch vor der Tür dreh ich mich wieder um, und jetzt hat sie mich also, um und um, diese lehrbuchschöne Entscheidungsunfähigkeit, und restlos erledigt springe ich aus dem Teufelskreis und gehe ich zur Weidendammer Brücke an die Spree, und hier schreibe ich dir eine Kurzmitteilung: *Wenn du bald eingeschrieben von Berlin aus ein Paket erhältst, ist es nicht, weil es wichtig ist, sondern nur, weil ich der Deutschen Post nicht trau!* Und nachdem ich es gesendet, ist die Albernheit nicht mehr zu toppen und die Spree so nah. Doch siehe! Du antwortest im Nu, und es ist seit Zermatt dein allererstes Lebenszeichen: *Ei grüß mir Berlin!*

Und schon will ich das Leben in einem Jauchzer zu Tode singen über das Sterben hinaus! Und alles Freie passiert aus Überfluss, denn nichts ist nötig auf dieser Welt. Alles Leben und sich Sehen ist Krankheit, auch jedes Reden und sich Sehnen ist Krankheit, lange, notwendige Krankheit, unumgänglich erst, überflüssig dann. Überflüssige, überzählige Quelle entspringt mir im Herzen jetzt. Wer dürstet, der komme, und wer will, der nehme sich das Leben umsonst. Denn ich habe mich in dich verschossen, wie die Verliebtheit sagt, ich habe mich selbst in dich verschossen. Aber wie tatsächlich mich bedingungslos Verlieben Suizid ist, habe ich nicht gewusst. Und es dreht sich um: Ich habe mich so wahnsinnig in dich verliebt, weil ich den Suizid suchte. Ich verliebte mich statt des Suizids, und damit ist die Verliebtheit auch die Stätte des Suizids. Mit jeder Handlung mich gegen die Speere, die Speerspitzen deiner Ablehnungen zu werfen, ist Suizid aus Mangel an Zurückgenommenheit.

Tausend Tode sterben.

Die volle Zurückgenommenheit vollzieht keinen Suizid, sondern ist immer schon zugleich nicht. Doch dich, Suizid, habe ich damit gefunden, und du allein rettest mir das Leben, du Verknalltheit, du Verschossenheit, du Verschwendenslust! Wenn wir sterben, ziehen wir uns im Orgasmus zurück und wir explodieren zu Milliarden Leben, und wenn wir leben, sterben wir an lauter kleinen Toden auf einen einzigen Tod zu. Und genau das macht uns traurig, auch wenn wir es als Glück empfinden. Denn: hier schweige ich, hier spricht's jetzt innen. Also kein Unterschied nirgendwo, auch kein Unterschied, ob wir uns sehen, und es ist vor allem kein Unterschied, ob wir tatsächlich vögeln. Oder nicht.

Alles tatsächliche Erleben ist nur das in deiner Gottlust schon erlebte Erleben. Weißt du, was das heißt? Hör zu: und ich sage dir: und nur in deiner Gottlust wird alles Erleben überhaupt zum Erleben, unabhängig von allem Erleben. Beginnst du zu verstehen? Und dann beendet dieses sich selbst Enden, weil es keinen Anfang fand in dir, dieses Hinwollen weg vom Leben wiederum alle Leblosigkeit, alle Trägheit, alle Vergeblichkeit der Sinne. Es ist das Vonsinnensein der Natur selbst, denn die Natur ist Sex pur auch in der Grausamkeit. Es frisst die Spinne den Spinner. Das Fressen und Gefressenwerden ist Sex wie das Knospen der Blüten auch Sex ist, selbst mit dem Wind. Bejammere mir nicht die Bäume, du Einsame! Jedes Wetter ist Sex, nur im Menschen ist alles pervers verlogen verstellt. Und das ist nicht seine Natur. Und deshalb: Wir schlagen uns in die Ohnmacht, in die rückhaltlose Nacktheit, uns liefern wir uns aus. Und beweisen uns die Unnatur. Indem du wunderbar bist, bist du grausam, auf ganz unnatürliche Weise in den Wiesen und im Tal des Baches, der hinwill zum Fluss und nicht anders kann und doch kommt von ganz oben aus den Rissen im Stein, der ist Berg und deutet zum Blau, oben und unten zum Meer schon! Es ist dies die Grausamkeit, und die sagt zu dir: Du bist wunderbar. Jetzt weißt du, was Grausamkeit ist. Genauso wenig wie ich. Komme! Erscheine! Jetzt kann ich wieder mit dir rechnen wie mit dem Tod: absolut gewiss. Ich kann auf dich zählen wie auf den Tod, du brichst herein unberechenbar unweigerlich, und ob du hereinbrichst oder der Tod: es ist eins. Jetzt weißt du, was Natur ist. Und besser als ich. Oh herrliche Riesenlust der Grausamkeit gegen sich selbst, sklavisch und königlich zugleich. Sklave fließet hin zur Sklavin, Herrin als Mündung, und dies ist dasselbe wie König fließet hin zur Königin, Herrin als Mündung auch dir. Königstier und Tiersklave, Tierkönigin und Sklavinnentier wechselweise und in eins, mehret euch aus dieser Ziffer, Eins, versucht's, ihr Sterblichen! Auf Vasen wird man euch sehen.

Dann kommt deine Kurzmitteilung, und fast bin ich erschrocken, grausame Gegenwart: *Bis pasolinigst bald!*

Und wie ich dich in Zürich vom Bahnhof abhole, ist es unverkennbar, dass wir begeistert sind. Wir beginnen mit UCCELLACCI E UCCELLINI: Oh die sprechenden Vögel Ninetto und Totò und die marxistische Krähe, wie sie schreiend und tanzend auch die Vogelsprache lernen und nach Franz den Vögeln predigen. Wir haben uns gefunden! Und dann TEOREMA: wie du: die Göttlichkeit allein aus dem puren Dasein, der sich niemand entziehen kann und die alle irr macht aus der Nacktlust der Ewigkeit selbst. Diese radikale Unerklärtheit der Bilder, diese biblisch gewaltige Stummheit, diese

irrenanstaltsnatürliche zwangsschöne Einfachheit, dieser verlorenste heiligste Realismus.
Um Mitternacht wechseln wir die Technik, moderner Spielsalon, wir wechseln zu Mr. & Mrs. Smith, die laufen jetzt als Profikiller, die sie sind, ohne es voneinander zu wissen, aufeinander zu, und nachdem der Liebeskrieg zum Sexknüller wird, fragst dann du, und hast noch Chips im Mund:
_ Stehst du auf SM?

Es flimmert.

Abgesehen von der modernen Technik, flimmert es!

_ Ich hatte mir auch schon von der damals Geliebten mit einer ihr zum Geburtstag geschenkten Reitpeitsche den Arsch ausfeigen lassen, und weil sie mit ihrer Schlagfertigkeit verbal auch nichts lieber tat als Männern in die Eier zu treten, tat sie es meinem nackt vor ihr knienden Wunsch zuliebe auch unintellektuell immer unzimperlicher, während ich die Vase für ihre Blumen in meinen wenig griechischen Händen hielt.
Und wenn Gott schon gleich nach der Vertreibung aus dem Paradies den Geschlechterkrieg in der Feindschaft zwischen dem Weib und der Schlange beschließt und zur Schlange sagt: Das Weib wird dir nach dem Kopfe treten, lese ich das mit Lust auf die Lust des Weibes hin nach dem Schwanze des Mannes, der Schlange auf den Kopf zu treten, und er ihn gern ihr hinhält deswegen. Und es hat bestimmt mit urzeitlicher Vergewaltigung zu tun, wenn der mit der Lust gekoppelte Schmerz auch die Potenz steigert. Oder des Löwen mauloffenes Protzen mit aufgerichteter Pratze: Meine Tatze kennt überhaupt keinen Schmerz. Und wie ist es bei dir?
_ Einfacher, Vögelchen. Auch ich kann, wenn ich entspannt bin, das Verlangen haben, hart gebumst werden zu wollen.
Noch immer hast du Chips im Mund und es macht Knack.

_ Es wird dann ja nur umso verschmelzendere Lust.

Warum neige ich mich jetzt nicht zu dir und küsse dich? Anfangs tat ich's doch auch.
Je mehr wir anbeten, desto scheuer werden wir. Doch die Ohnmacht dir gegenüber lähmt zusehends auch meinen Geist.
_ Eine Freundin von mir wohnt gar nicht weit von hier, und sie hat mir einen Schlüssel mitgegeben. Es ist ja schon zwei.
Obschon du doch genauso gut dableiben könntest, murmle ich:
_ Ich begleite dich.

Draußen hängst du auch gleich am Arm ein, aber seltsam, wir können nicht im selben Schritt gehen, irgendwie ist auch das verklemmt. Zurückgehend heim allein in das Meine staut sich höhnisch wie nachgeworfen das verpasste Erleben an. Schläge. Tritte. Den Kopf hinhalten. Und den Schwanz hinhalten. Ins Ungewisse. Jetzt will ich vor Hingabe schreien. Aber die Straße bleibt stumm in ihrem nächtlichen Gebrauch. Das ständige Verstoßen aus den gewohnten Bezügen ins Entsetzliche und Einzige, einsam im schweigenden Ich. Mein Blick sucht im Leeren bereits nach deinem Schuh, der drückt schon zu, der presst mir schon die Spitze ins Kehlkopffleisch, dass mein Schreien ein Röcheln wird und nur mehr so noch dir entgegenraunt. Und jetzt wirst du ganz du und drückst schon mit dem zweiten Schuh, die Spitze davon tief in den Sitz vom zweiten Kopf von mir, dem Eichelkopf, und drückst noch fester zu, denn sehen willst du das Flüssige meines Leibes endlich, wonach du gelechzt schon von Anbeginn und womit ich so geizig zurückhielt von Anbeginn und siehe: meine Haut gibt dir nach ganz sanft und schenkt sich dir hin ganz rot. Und jetzt ziehst du die Spitze aus meinem Fleisch und rot tropft es herab. Und du beugst dich jetzt nieder und wirst selbst sanft in der Grausamkeit und leckst mir die Wunde wie mein Wundstab nie geleckt dir die deine. Jetzt will ich deine Füße küssen. Jetzt will ich dich. Indem wir im Niedrigsten das Höchste finden, haben wir meinen Mangel an Steifheit und Sturheit und Starrsinn verflüssigt und fest werden lassen, und auch wenn ich mich noch so auf dem Boden verklemme, komme ich nicht von der Sprache allein, die deine Gegenwart doch ist ganz und gar. Deine Sexgegenwart schwarz auf nächtlicher Straße im stummen Gebrauch. Bums! Ein Tieferes gibt es nicht. Das reine Stoßen aus dem Nichts ins Nichts. Bums! Das Blut als Transmitter von Glück ohne Aussicht auf Frucht deines Leibes. Der permanente Anstoß aus allem in alles, rotwund auf schwarzem Teer ins Nichts spritzend. Der reine Bezug des zu dir Stoßens, bums!, zu dir zu, aus dir hinaus, in dich zurück. Nur du, und nur ich. Allein.

In der Lustewigkeit blitzt es immer, wie sehn ich mich nach dir!, zuckt es immer, wie sehn ich mich nach dir!, auch lautlos und ohne Geschehen, rot oder weiß, denn es ist lauter Überschuss. Purer, permanenter, perfekter Überschuss. Überschuss, das ist das Knallundglockenwort, Überüberüberfluss! Die Bumsewigkeit als Urknall von Zeit, die meist verschüttet, vergessen, verborgen bleibt. Hoch ragt dein Horn, das Psalmwort schlechthin. Die Potenz ist zugleich so lächerlich und so ohnmächtig, dass es ewig absurd ist. Und endlich verbrennen uns die Worte zu Schreien. Du verbrennst uns die Worte, Gott, Göttin, Königin der Nacht, machst aus ihrem Feuer Gegenwart, und unwichtig wird alles Gesagte, Geschriebene, Gedachte. Unwichtig aller Anfang, alle Zukunft wortlos, bis wir sie wieder mit Worten uns einverleiben wollen werden aus zu wenig Kraft aus uns selbst. Du erlöst uns von der entsetzlichen Tyrannei deiner Worte und dies fassen wir in Worte, immerzu. Bis du, unendlicher Erlöser, den Anfang änderst für uns, die wir endlich sind, die wir da jetzt sagen: Am Anfang war die Angst. Grün war sie und saftig. Und wir nahmen sie in den Mund und siehe, sie wurde Wort. Und wir sprachen: Unter der heißen Sonne deiner Güte vergib uns die Worte in unseren Mündern, und siehe sie vergilben zu Stroh, zu Halmen der Schrift, an denen kein Halt mehr ist auf lange Sicht an der Welt ohne Grün. Und da legst du Feuer und verbrennst das Stroh der Worte in glühend hochschlagenden Flammen, hoch aufsteigend hin zur Ekstase, bis wir uns rückentsinnen an das Grün des Grases, denn alles Fleisch, es ist wie Gras, das verdorrt unter der Sonne. Der Zwang der Worte macht aus dem natürlichen Fleisch den Gottleib, und die Lust macht sich milliardenfach auf, und davon.

Und dann erinnert sich der Körper der Milch.

Es muss doch möglich sein, dich zu locken, mich wiederzusehen.

Wolltest du nicht immer schon einmal nach Andalusien, wo ein Bekannter von mir ein Haus in Nijar günstig vermietet? Und träumst du nicht längst davon, Schau zu spielen und Filme zu drehen! Und ich schreibe dir eine Mail: Jetzt, erregt durch UCCELLACCI E UCCELLINI, und weil doch Pasolini selbst sowohl Drehbuchautor, Regisseur, Kameramann und Schauspieler war, ist die einfache Idee eingefallen, in Andalusien ein Filmtraumstück zu machen, darin du als Schauspielerin, Kamerafrau und Regisseurin honoriert wirst. Ein Film des Absurden, die gelebte Zeitlosigkeit, und das A und O dieses Traums ist, dass auch das Drehen und Schreiben und Spielen ganz in der zeitlosen Lust entsteht. Keine Sekunde der Arbeit darf Pflicht sein, wie in TEOREMA mit der Zeit allein alles und alle in Traum verwandelnd. Und warum mit dir? Weil du alles hast, was die Produktion braucht: die perfekte Ästhetik und die sensibelste Wahrnehmung, die der Welt den Traum zeigt, der sie schon immer nicht ist. Ich werde in zehn Tagen eh für zehn Tage fliegen und lade dich herzlichst dazu ein. Das ist nicht nur mein Lockvogel, es ist auch echte Idee und Unmöglichkeit. Pasolini entfacht diese Träume, spornt frech zur Wirklichkeit an, wie auch wir krass unbrauchbar sind, und das können wir nutzlos nutzen.

Und deine Antwort: keine Antwort.

Dass wir das Leben nicht mitmachen, schenkt uns das göttliche Lachen ins Gesicht. Dass wir das Leben nicht mitmachen, ist der Schlüssel des absurden, übergöttlichen Überseins. Wir verweigern das Leben und: leben. In der Allesverweigerung wird jeder größer als alles, denn sie ist Abrahams über alles Hinausgehen.

_ Wann fliegst du?
_ Ich dachte morgen.

_ Und du willst mich wirklich mitnehmen?

Und nun, da du doch kommst, verstehe ich nicht, warum ich nicht an Glückswut sterbe, schon gestorben bin. Es ist kein Unterschied mehr in mir.

Übermorgen, 28. Mai, wäre zweihundert Franken billiger, aber wir hätten schon morgens um halb sechs den Flug. Morgen Mittag ist besser, sonst sind wir schon müde, bevor wir in Nijar ankommen, und so wäre ich nicht superpotent für die erste riesige Liebesnacht. Doch kaum habe ich gebucht, ärgere ich mich maßlos über den teureren Flug und über die Müdigkeitsangst vor nicht toller Hechtleistung und dass ich vor dir, der bis zum Vorabend sich nicht Meldenden, sofort wieder den Kopf verliere, völlig idiotisch. Und schon bin ich davon so gestresst, dass ich die Nacht schlaflos liege, nachts um drei noch Whisky trinke, dennoch nicht schlafen kann, um halb sechs zwanzig Kilometer renne und jetzt tausendmal geräderter starte, als wenn wir einfach den einfachen Frühflug genommen hätten, völlig absurd.

Und wie ich dich im Zug zum Flughafen sehe, fühle ich mich schon rettungslos minderwertig. Wie soll ich das jetzt nur durchstehen?

Vielleicht ein Bier im Flugzeug und eins während der Zwischenlandung in Mallorca, mit der Bitte, dass du das Auto fährst, was du gern bejahst, also noch ein drittes, ein wenig befreit es. Ich verliere aber doch immer mehr jeden Bezug. Du nimmst es gelassen. Es ist aber schon so ins Gegenwartslose versunken, dass es dich in Malaga auch willenlos das Auto auswählen lässt und wie ein Stück Holz neben dir sitzt. Spät erreichen wir Nijar, und nachdem wir auf der Plaza guten Fisch und Rotwein kriegen, kann ich sogar halb einschlafen neben dir. Anderntags ist es bedeckt und das Hirn schon wieder verhangen. Du schlägst vor, durch die Sierra Nevada nach Granada zu fahren, kurvst durch die Berge wie eine Rasende und kümmerst dich zum Glück nicht weiter um den Toten, der immerhin die Schaukelbewegungen in den Kurven mitmacht. In der Alhambra passt das Schweigen zur Erhabenheit der Säle, dann kriegen wir guten Fisch und Weißwein auf der Plaza, und der Himmel wird klar. Und wie du nachts bei Vollmond über die Autobahn zurückfährst mit immer hundertachtzig, sind die vorbeiziehenden schwarzen Silhouetten der Berge vor dem mitfahrenden Mond so verklärend, dass mit dir zu sterben noch traumhafter scheint, und als du fragst, ob mir dein Tempo Angst mache:
_ Nein, es ist zauberhaft, fahr nur so schnell du Lust hast, und der Mond ist mit uns.

Ich vergesse sogar deine tödliche Schönheit, und erst im Garten kann ich es wieder nicht mehr ertragen, denn so Holz ist es geworden, dass dich zu berühren weiter weg ist als den Vollmond anfassen, der doch so nah ist hier, wie du, unnahbar, ohne dass du ein Nein sagst. Dafür quaken Frösche in Mengen am nahen Teich, die Hunde des ganzen Städtchens bellen unaufhörlich den Vollmond an, und die Grillen sind so laut, dass es uns stumm macht samt dem Wind, der die Palmen wiegen lässt wie winkende Kinder. Ich aber liege neben dir in der warmen Nacht von Nijar, und nachdem du eingeschlafen, bin ich an mir lau und lustlos bis zum

Morgen. Plötzlich erwachst du, ich erschrecke und hoffe, du hast es nicht bemerkt. Du fährst mit mir zum Strand, ich kann nichts machen als Sekunde um Sekunde leer sein, tot im endlos drehenden Satz DEAD END, welches Schild ich gesehen habe am Strand von Monsul. Du fährst mit mir nach Santa Cruz zum Restaurant am Strand, nach ein paar verlorenen Bieren verliert sich auch das Elend, die Zunge löst sich und wir lachen. Die Sonne geht unter, der noch herrlichere Vollmond steigt über dem Meer auf und macht eine silbersanfte Lichtstraße auf uns zu. Wir plaudern von unserem Film aus nichts als Zeit, darin alles aus Lust entsteht, wir haben ja noch nicht einmal die Kamera ausgepackt:

_ Wir werden darin nur die Sterne und das Meer und den Tanz und die Ekstase lachen. Ich seh' nicht ein, warum hundert Jahre sicheres Lauleben gelebt werden sollen. Warum nicht von Tag zu Tod die Zeitlosigkeit zeigen?

_ Oh nichts anderes! Und mir war es ja so peinlich, den früheren und teureren Flug genommen zu haben, dass ich seither das Gefühl habe, hätten wir den späteren genommen, wäre ich nicht in diese Stumpfheit versunken.

_ Das spielt doch keine Rolle, denn was zwischen uns ist, kommt eh ans Licht und ist unabhängig von den einzelnen Entscheidungen, die alles so oder so immer klarer werden lassen.

Da bin ich so selig des alles Aussprechenkönnens, dass ich mit noch mehr Bier gleich über die Mondstraße gen Himmel aufzufahren mich fähig fühle.

_ Aber als du heute Morgen an dir rumgemacht hast, dachte ich, ich wechsle das Zimmer.

Da fall ich ob des verzweifelten statt verzückten Handanmichlegens sogleich in den Tod. Du findest nun wiederum komisch, dass ich darob wieder komisch werde, und schläfst tatsächlich im anderen Zimmer. Du bist durch die Wand hindurch im selben Raum, und ich kann nicht einmal deine Füße küssen. Ich habe entsetzlich Angst vor dir, vor der Peinlichkeit vor dir, dass ich so lächerlich krank ein Versager bin, nicht einmal verarschungswürdig. Schlaflos todmüde. *Ich weiß nicht ein noch aus.* Ich kann dies Wort nicht mehr hören, es hat mich übernommen.

Gegen fünf versucht es einen Kaffee zu machen, doch schon beim Zudrehen des Espressokochers zittert es zu sehr, die Teile fallen immer voneinander, und vom Kaffeepulvergeruch wird ihm schlecht. Es zieht die Joggingmontur an und läuft in die Morgendämmerung, doch schon nach dreihundert Metern dreht es um und läuft zurück zum Haus. Da bleibt es im Garten eine halbe Stunde stehen und schafft es weder nochmals loszulaufen noch ganz ins Haus zu gehen. Es schämt sich ohne Maß und kann die Scham nicht mehr verbergen.
Übelkeit dann bewegt es wenigstens zur Toilette. Aber erbrechen kann es nicht, es würgt nur, es mag weder trinken noch nicht trinken, es mag weder in der Toilette bleiben noch aus der Toilette weggehen. Es will pissen und kann nicht. Es will sich nicht das Leben nehmen, es will nicht leben. Es möchte nur Hilfe und nicht schwach tun. Es möchte ihr groß und souverän begegnen. Sie kann nichts dafür, es ist ihre natürliche Befremdung ob seiner Verstörung. Es ist ein schleichender Prozess, den es in ihnen ausgelöst hat. Es schwört ihr, es werde keinen Arzt aufsuchen, der Glaube allein solle es retten oder vernichten. Sein nutzloses Leben soll eine Abrechnung vor ihr werden und sonst nichts mehr, eine Abrechnung noch mehr vor Gott. Eine ständige Abrechnung mit sich vor ihm. Mit sich und allen. Du allein sollst mich richten. Niemand sonst hat das Recht dazu. Du allein kannst mich ins Feuer werfen für meine Scheußlichkeit. Vor dir will ich mich in den Dreck werfen und dein Vernichtungsurteil annehmen und vertilgt werden ob meiner Feigheit und Impotenz und noch nicht einmal für die Hölle würdig sein. Ich bin unnütz, pervers, verklemmt, und wenn du mich nicht frei machst, ein Mensch wird es nicht machen. Ich sehe niemanden mehr, bis du mir wieder Lachen schenkst

und Lust und überströmende Liebe oder bis du mich mit dem Tod erlöst oder nicht erlöst. Niemand möge mir helfen, weder ein Arzt, keine Klinik, weder ein Medikament, kein Schlafmittel, auch kein Freund. Es legt sich immerhin wieder ins Bett im hellen Morgenlicht, und nicht sehr lange, da hört es sie ihre Türe öffnen, fühlt Hoffnung und ruft durch seine stets offene Türe ein jäh aus seiner Kehle fahrendes: Hallo, etwas verzögert kommt ein gedruckstes Was? aus dem Korridor zurück, dann hört es sie noch ins Bad verschwinden und hat die Kraft aufzustehen, in den Garten zu sitzen und zu warten. Zeit. Und wie sie auf es zukommt, erhebt es wie aus dem Nichts erneut die Stimme:
_ Und?
_ Du hast mich erschreckt mit deinem überstürzten Hallo, man kann ja nicht einmal in Ruhe allein aufstehen, das nimmt mir den Atem, du kontrollierst ja jeden meiner Schritte hier.
_ Ich habe dich sehr gern, aber ich kann dir jetzt nicht mehr frei begegnen. Ich bin aus mir ausgefallen und zu schwach geworden. Ich kann mich selber nicht mehr behalten. Ich muss allein sein und versuche, heute noch zurückzufliegen.
_ Ich kenne das aus meiner letzten unglücklichen Verliebtheit auch. Vielleicht musst du nur einmal durchatmen. Und schon am Nachmittag geht es dir besser und du verstehst schon gar nicht mehr, warum du so warst.

Es lässt sie allein in die Stadt wie an den Strand fahren und liegt starr auf dem Sofa. Auch denken geht nicht mehr. Nichts geschieht, als nur die Zeit stillsteht. Da kommt sie dann irgendwann irgendwie zurück, da sitzt es dann immerhin auf, erhebt wie aus dem Nichts erneut die Stimme:
_ Ich habe geschrieben.
_ Geschrieben?
Es erhebt sich, greift nach dem Telefon. Es wird gebeten, eine Nummer zu notieren.

_ Ich habe geschrieben in den Sand der Gedanken die ewigen Worte der Dinge selbst.

Noch vor Mitternacht kommt eine Kurzmitteilung: *Sevilla ist schön.*

VIERTER SCHRITT

Indem das Leben erlischt, wird was Gedächtnis war Landschaft, und die Landschaft wird Gedächtnis ohne Leben. So ist seliges Vergessen möglich. Das im Gedächtnis wohnende Wort kann sich vergessen und bleibt als die Landschaft, die es zuerst im Wort geworden ist. Und die Landschaft ist in den Worten, ledig seines Landschaftseins. Die Landschaft braucht sich nicht mehr dank dem Nichtsein im Gedächtnis, und das Gedächtnis braucht sich nicht mehr dank dem Nichtsein in der Landschaft. Drum verstummen am Ende alle, weil jeder alles selbst und alles jeder selbst geworden ist, weil er die Dinge ist, ohne zu sein, und durch die Worte die Sache geworden ohne Worte, ewige Gegenwart ohne Gegenwart.

Abraham hat den Kopf in der Sache. Er geht blind, um zu sehen. Blindensame Abraham. Vögel sirren, lieblich winken die Platanen. Von weichen, weißen Wolkenkissen schwebeleicht durchsegelter Himmel über dem Junimittag. Eine Taube setzt sich auf die Funkstangenspitze und gurrt, des Technischen unbekümmert. Ihr schönstes rundes Köpfchen ist der höchste Punkt der Erde vor dem Himmelshintergrund. Nach einem Wegsehen ist sie verschwunden, und jäh schal ist der Himmel, leer, entsetzlich leerer Anblick. Und jetzt kommen gleich zwei, von beiden Seiten fliegend, die eine unter der Antennenspitze etwas höher fliegend, die andere ganz nahe an die nähere Ziegeldachspitze sich setzend, die nach der technischen die höchste und hausbeseelte ist. Nun fliegt die hintere auf die sitzende zu, kurze Zeit um den Gipfel, die schon dagesessene fliegt in dieselbe Richtung zurück, die dazugeflogene bleibt allein und setzt sich auf die Ziegeldachspitze. Sie dreht den Hintern zu und bleibt eine Weile so, nun wandert sie auf der Dachrinne nach hinten von der Spitze weg, so dass sie langsam spazierend verschwindet wie ein Schiff hinausfahrend am Horizont, so dass das Köpfchen zuletzt noch allein das Spitzchen ist, und ist weg.

Und nun bleibt der Himmel auch leer beseelt; es bleibt die Beseeltheit der Taube im vogellosen Himmel. Nun fliegen auch Spiere wieder über allen Dächern und Spitzen, sie sirren und sirren, die Mauersegler, die immer in den Lüften bleiben, die den Boden nicht brauchen, die im Fliegen leben und sich in der Luft paaren, sie sirren und sirren, und in behändester Geschwindigkeit. Eine Amsel beginnt zu plaudern ganz allein. Sie plaudert auf der Platane in einer kleinen Zweignische fast zuoberst. Sie plaudert für sich selbst, aber auch für jeden, der ihr zuhört, einfach weil er ihrem Plaudern zuhört. Jetzt setzt sich eine Krähe auf die Antennenspitze und kräht dreimal, bleibt sitzen mit scharfer Hackschnabelspitze, nachdem seit etlichen Minuten außer der plaudernden Amsel kein einziger anderer Vogel sichtbar oder hörbar gewesen ist, und eine Krähe war die ganze Mittagszeit nicht erschienen. Extrem frech sitzt sie da, eine zweite ist kurz am Bildrand sichtbar, nochmals dreimal krähend fliegt die sitzende in Richtung der anderen mit der anderen rasch aus dem Bild. Die Amsel aber hat während dieser Minute weitergeplaudert, wobei es scheint, sie habe erst doch eine etwas längere Pause gemacht zwischen den Strophen. Wieder die Spiere nun, der Himmel heller noch, fast brennend.

Und dies Sehen ist kein Mensch. Es ist ein Vogel auf der Weide. Ein Adler auf der Vogelweide. Wütend auf die Paradieswutlosen. Ein Steinadel blind blitzender Wut.

Es gibt zwei Arten: das Geben und das Benutzen. Oder das Befreien und das Instrumentalisieren. Je mächtiger, desto höllischer die Macht zum Benutzen. Die Fatalität alles Geschehenen: es ist unveränderbar fix genauso wie die Fatalität des Todes. Wie die CD immer absolut gleich abläuft, hat der Technikterror wie des Menschen Geist die tote Perfektheit und lähmt unaufhaltsam den Willen. Gerade weil uns die Technik alles abnimmt, macht sie uns zu gefügigen Puppen, bis wir alle gelähmt auf dem Rücken liegen, absolut instrumentalisiert. Bis wir willenlos auf dem Rücken liegen, völlig paralysiert.

Des Menschen Geist ist Tod, des Engels Natur ist Leben.

Technik ist materialisierte Einsamkeit. Berge hingegen sind das Schema der Ewigkeit, Wüsten, Meer. Gestirne sind des Hirnes Himmel. Bäume sind Geister und Seelen Nester in den Brachvögeln der Bergpredigt, in den Bergvögeln der Brachpredigt.

Nahe am Engel wird's von Besessenheit benommen. Krähe attackiert kreisenden Falken pausenlos. Helmkopf montiert neue Massivantenne zwei Dächer weiter. Empfangsstationen der technischen Dämonen, welche tot die Welt beherrschen und den Menschen verpuppen. Wie eine Nadelspitze sticht die Antenne in den entschmerzten Himmel.

Das sich Aussetzen ins Gestörtsein aber ist Abraham. Nur mit den Bäumen atmen und mit den Vögeln sehen. Unbewegt still sein oder rennen. Rennen, schweigen, rennen. Die große linke Zehe wird schwärzer Tag für Tag. Eine schwarze Marathonzehe, aber ein makelloser Leib, ein herrlicher Opferduft, ein liebliches Wonneduftopfer. Da platzt die Zehe nach zu warmem Bad, furchtbar blutrot und eitergelb, ein grässliches Geschwür, ein unmännlich greisenbrandiger Wurmfortsatz. Mit dem Engel ringen die ganze Nacht und sich nicht besiegen lassen, auch in der Schlaflosigkeit nicht, auch nicht im Schlaf. Seit heute Morgen zehn vor sechs feuert die verhundertfachte Zähe unzerstörbar ins Werk. Alpenseglerpaar einander herrlich verfolgend. Die säheste Hinübernatur ist der sich ins Leben schlagende Tierengel. Krähe kreist wie Bussard, ist aber doch nur eine Krähe. Hinten wahrer Bussard kreist ruhig grandios. Gegenwart des Engels, das ist Abraham, Isaak. Unablässig ringen mit dem Engel, das ist Jakob. Taube vertreibt Finken von der Antenne. Fink kehrt zurück und vertreibt Taube. Wieder vertreibt eine Taube den Finken. Der Fink greift an, beide verschwinden von der Antenne. Kein Vogel mehr sichtbar. Und nun pfeift doch tatsächlich ein Junge: Alle Vögel sind schon da. Diese perfekt passende Koinzidenz genauso wie die peinlichste Paranoia, welche dank der Einbildungskraft vollkommen wahr wird. Nichts ist so punktgenau perfekt wie die Paranoia. Besessenheit ist möglich, also auch Göttlichkeit. Indem die Dämonen in uns wahr sind, also auch die Engel. Deine Stimme ist über alles hinaus mitten im Herz, herrlicher Engel.

Und ai die Krähen schrein, wie wir zu zwein. Ai gra gra gra, Krähe Adler Krähe Adler gra gra gra grandios grandios grandios. Nahe wie nie kreist ein Milan einsam mächtig, oh Engel Vogel Wort.

Nur durch die eigene Entsetzlichkeit und furchtbare Scham kann der Leib frei werden. Wie weh es wird, den Hinterkopf zu kratzen wie ein Affe vor den Menschen, in den Bahnhofsmassen ein Eis zu essen wie ein Bubi, am Gleis die Jacke zu öffnen wie ein Pfau und im Zug die Stille mit dem Öffnen des Abfalleimers zu brechen. Jedes technische Geräusch wird zur Sirene, jedes Handyklingeln, jedes Hupen höllisches Notsirenen, bis es zerfällt, und statt Sirenen sirenenster Gesang, und betörend zirrt das Sirren der Spiere, das Geschrei der Möwen.

Da springt der Blitz in alles, immer lebendiger ständiger Blitz. Wie Spiere Sirenen Sirenen, wie Spiere behände und Sirenen Sirenen, Spiere Sirenen Blitz. Gehender Blitz, stehender Blitz. Alles Erregungen des Blitzes. Nur dieser Augenblitz, unermesslich schön. Immer nur diese Sekunde, unermesslich schön. Der tötende Lebensblitz, der lebendige Todesblitz. Alles Esse zum Blitz. Jeder will der Blitz sein, ewig. Jeder will ewig der Blitz sein, ob er das will oder nicht, ewig. Und jedem passiert der Blitz, ob er will oder nicht, ewig. Nur das noch, dein Blitz sein, ewig. Nur das noch, nur das, ewig. Dann fährt der Blitz in die Situationen immer neu. Ströme lebendiger Blitze. Ihr Vögel ihr Engel alle. Wenn kein Gram wäre, wie könnten wir strahlen über den Gram? Je gramer, desto grandioser können wir strahlen über den Gram: grandios. Gram: grandios grandios grandios. Der Gram selbst lädt sich zum Blitzglück auf, der Gram selbst wird zum Glücksblitz. Blitzen strahlen blitzen strahlen gra gra grandios grandios grandios. Es passiert alles wegen des Blitzes, alles alles alles, bis die negative Koinzidenz in sich umschlägt in dich, in Innen und Außen synchronisch aufgelöst. Immer neue Blitzschläge des Todes, doch es sind tausend Geburten im einen einzigen Leben. Erst wenn alles unermesslich schön ist, erst wenn auch alles Vergangene, Verpatzte unermesslich schön ist, erst wenn auch alles Entsetzliche, Erbärmliche unermesslich schön ist, bist es du. Es ist nicht die ewige Wiederkehr des Gleichen, es ist alles einmalig ewig.

Seit dir ist kein Tag vergangen.

Und dann ist mit einem Blitzschuss, der zugleich ein Knall ist, Schluss mit allem Stuss, ewig. Alles andere ist ein Mangel an Knall. Nicht einen Knall haben, Blitzknall sein. So hatt' ich dich nie. Und dann ist jede Sekunde mit einem Herzschlag Schluss mit aller Undemut, ewig. Und dies ist der Todblitz Nietzsche: er wollte Gott schaffen und hat nur umso mehr die Ewigkeit geblitzt. Drum jetzt sterben drum. Dann leben wir sunder warumbe. Dann einverleibt deine Kreuzigung auch Dionysos. Dann ist alles Erleben nur Vorlust. Nicht der Suizid, sondern jetzt sterben immer. Jetzt sterbend ist das Leben unermesslich schön. Da öffnet sich der Himmel. Sieh nur, immer offen stehst du da.

Du innerste Offenheit. Du Sex des Seins. Nicht zu leugnen, dass deine Opfernatur obszön und dein Stundensterben pervers ist. Da dies per se peinlich ist, ist die Peinlichkeit per se die Nahrung der Göttlichkeit. Die Einbildung ist deine herrlichste Ewigkeit und kann durch die Luft gehen. Sobald ihr aber die Nichtigkeit lächerlich wird, fällt sie furchtbar in die Erbärmlichkeit, die sie ist. Doch das hat alles mit dir nichts zu tun, und obgleich das schon mit dir alles Tun ist, ist es nur mein Nichtstun. Was beginnt? Das Wahrnehmen, dass niemand dies wahrnimmt denn du, weil nur du auf ewig nicht existierst. Und weil wie du nur der Tod nicht auf das Vorbei hin schon vorbei ist, sind wir allein mit dir auf Du und Du und können es auf den Tod nicht merken. Alles Merken, von allem Merken unbemerkt, und alles Erleben, von allem Erleben unerlebt, ist einzig dein Einzigkeitsexzess.

Nackte Leibblitzewigkeit, unermessliche Energie des Universums in begierdeloser Lust. Universumsenergie ewig zart ewig. Und aller Leib wandelt sich in Lichtsex, in Leichtigkeit, in Tanz.

Leichtest das Schwere und alle Materie Lichtsex mal Energie im Augenblitzquadrat.

Zum Jetztsterbenschön ist in der Schönheit Vergehen unsterblich.

Und nun? Alles hat sich von dir in alles abgelöst, und dich Sehen und Nichtsehen ist kein Unterschied. Doch dich Sehen ist das Tollhäuslerfest, wenn ausgeglichen eine Weile das Schicksal. Und dich Einbilden ist ohne Weiteres die Sprache der Liebe zwischen uns, und wenn wir nicht mehr zwischen uns sind, sind wir mitten in uns, unter uns, über uns, und über uns hinaus.

FÜNFTER SCHRITT

Am 30. Dezember rufe ich dich auf deinem Schweizer Handy an:
_ Du hast Glück, ich bin grad in Basel, und gleich fahre ich wieder nach München.
_ Nach München? Was machst du denn da?
_ Ich arbeite als Kameraassistentin.
_ Und wo wohnst du?
_ Bei meiner Freundin.
_ Was macht sie?
_ Sie ist Kamerafrau.
_ Wie kam's denn dazu?
_ Du hast ja nach Andalusien den Kontakt mit mir abgebrochen. Ich wollte aber etwas tun, vor der Kamera stehen oder selber drehen. Und im Internet hab ich eine Ausschreibung für Kamera- und Regieassistenz in München gefunden. Dort hat nur noch eine Wohnung gefehlt. Und am Arbeitsplatz war sie und sagte, zunächst kannst du zu mir kommen, meine Ex ist ausgezogen und zurzeit hab ich noch ein Zimmer frei. Und wie ich zwei Tage bei ihr wohnte, fühlte ich mich wie angekommen nach langer Irrfahrt. Unterdessen bin ich es hier schon wieder so gewohnt, dass ich es schon wieder viel zu sehr verlassen kann. Und München ist

so gewöhnlich geworden, dass ich es nicht aushalte, und ich habe seither keine einzige Reise gemacht, stell dir vor, ich, die ich vom Reisen lebe, hocke hier in München und komme nicht weg.
_ Wo möchtest du denn als Nächstes zu gerne hin?
_ Nach Indien.
_ Oh Indien in dir, ich auch!
_ Was? Hast du Andalusien schon vergessen? Du hast mich ja alleine weiterreisen lassen.
_ Ich bin erwacht in der unendlichen Peinlichkeit, und da kommt mir dein Größenwahn grad recht.
_ Führ mich nicht in Versuchung mit deinen Verrücktheiten, die mich betören wie Aprikosen, für die ich alles täte. Man hört doch von Verbrechern, die nach einem Kindheitsschema, wenn man ihnen Schokolade gibt, alles ausplaudern, weil ja jede Seele am liebsten doch irgendwann alles sagen will, und wenn es noch so scheußlich ist.
_ Wir können ja auch jederzeit ohneeinander weiterreisen. Wann willst du denn los?
_ Je eher, je besser, und je länger, je lieber.
_ Ich habe nichts dagegen einzuwenden.
_ Sollen wir das wirklich machen?
_ Mir scheint, wir zweifeln längst nur noch rhetorisch.
_ Wir machen das.

Und schon jauchzt du.
_ Wir fliegen nach Indien.
Ich jauchze auch.

Wir haben kein Recht, der Größe Wahn zu verlieren, der uns alle niederzwingt. Dass wir uns mit Lebendigkeit aufladen immer neu, dass wir uns spontanst intensivieren überall. Wie können wir den Liebeswahn jetzt vermehren? Und in diesem Augenblick blitzt in uns das größere Nichts als alles in uns, und dafür ist uns alles zu klein, weil nur das ekstatischere Nichts in uns selbst uns alles ekstatischer macht als alles, weil es die Sprache ist, die uns alles ekstatischer als alles macht. Das Leben wird in der Sprache das Göttliche, das es nicht gibt. Drum ist, dass es das Wort Gott gibt und dass das Wort Gott gibt, dasselbe. Genau das ist das Unumstößliche der Sprache, dass sie das Nicht gibt, das es nicht gibt, und das geht allen mit nichts auf den Geist. Mit nichts als Geist geht der Geist allen auf den Geist. Und in der Sprache werden auch die Tiere göttlich, die Pflanzen, die Flüsse, die Berge, die Wolken, die Wetter. Alles ist schon vorher, aber erst durch die Sprache wird alles, was es nicht ist. Wir sind in der Sprachfreiheit verlassen und bleiben Gefangene der Benommenheit. Wir sind Gewohnheitstiere und Spontanitätsengel, aber grad die Tiere steigern uns die Gegenwart, die uns fehlt. Warum benimmt uns das Unglück viel stärker als das Glück? Weil uns das Unglück viel stärker das Glück fühlen lässt, welches umso stärker fehlt. Und wie wir nur in dir aus uns hinauskönnen, ist dein Hinaussein immer schon in uns hinein: wir: ineinander zu, aufeinander hin. Und wie du das Erkanntsein in allem Erkennen bist, sind wir im Begriffe, uns zu erkennen und uns unerkennend unerkannt zu sein. Wir treffen uns am Genfer Flughafen zum Abflug nach Mumbai, und du bist von München her im Transit, wahrscheinlich schon am Gate an diesem strahlenden Februarmorgen. Doch in der geschlängelten Menge vor dem Security-Check klingelt das Telefon:

_ Wo bist du?

_ In der Warteschlange des Security-Checks zum Gate B.

_ Ich auch.

_ Ich kann dich nicht finden.

_ Ich sehe dich.

_ Wo denn?

_ Dreh dich mal um. In die andere Richtung. Dreh dich doch zu mir um!

Da seh ich dein närrisches Lachen, das Handy am Ohr. Ich bin nur eine Schlaufe weiter, gleich müssten wir uns passieren. Wie du nahe kommst, öffne ich das Sicherheitsband, und wie du den verbotenen Schritt zu mir machst, küss ich dich auf den Mund, schließe das Band, und wir sind drin, jenseits, ganz da.
Durch die viereinhalb Stunden Zeitverschiebung ist in Mumbai schon fast Mitternacht. Wir haben im Hotel nahe am Flughafen zwei Einzelzimmer reserviert, da wir am Morgen eh früh den Flug nach Goa haben. Beim Einchecken sagst du:
_ Ich möchte dich nicht verletzen mit den getrennten Zimmern.
_ Das ist schon gut so.
Wir haben ja fünf Wochen noch alle Zeit. Am Morgen hat der Flug nach Goa zu einigen Strandtagen drei Stunden Verspätung, wir sollen uns um eins wieder einfinden. Dies ist Indien, wie klassisch! Und wir genießen unser Vorurteil als höhere Zeitlosigkeit. Im Nu findest du im Lonely Planet den vom Flughafen nächsten Mumbaistrand. Mit einer Rikscha fahren wir eine halbe Stunde königlich durch die Gassen und winken all den uns Winkenden, auch dass die Knie und Schultern sich berühren, ist ein Fest. Dies farbigste Indien und die dichteste Belebtheit. Dies ungeheure Chaos, und wie sie damit umgehen können: bitterste Armut und maßloser Reichtum, stumpfste Rückständigkeit und innovativste Intelligenz, universale Spiritualität und alles ist Geschäft, *Heilige Kühe* und die *Unberührbaren*, jene, denen weniger als nichts bleibt an Hab und Gut und Würde. Der Strand ist hässlich, der Kokossaft vom Strohhalm direkt aus der Nuss aber gut, die Sonne strahlend und die Verspätung wie für uns gemacht. Um ein Uhr sagen sie, es wird drei, und so offeriert uns die Air Sahara ein passables Mittagessen in der Fluggesellschaftskantine. Um drei wird es vier, und um fünf fliegen wir. Immerhin sehen wir in Goa gleich den Sonnenuntergang. Unser Strandhäuschen ist in Palolem, eineinhalb Stunden vom Flughafen entfernt, und die Bungalowbesitzer sind uns abzuholen auch nach sechs Stunden Verspätung da.

Nur warten wir erst wiederum zwanzig Minuten, weil noch ein zweites Pärchen dazukomme, welches einfach nicht erscheinen will. Da frage ich mal nach, ob er denn wisse, dass wir zwei Bungalows reserviert haben. Er ist verblüfft und glaubt es nicht. Ich auch nicht, sage aber:

_ Dann können wir ja losfahren, denn wir brauchen beide unser eigenes Haus wie Könige, und ein zweites Paar kommt nicht.

_ Ich möchte dich nicht ärgern.

_ Es ist schon gut so.

Die beiden kleinen, zweistöckigen Bungalows stehen nur einen Meter voneinander entfernt, man könnte sich atmen hören, wenn man sich hören könnte. Der längst nicht mehr abgelegene Strand reiht Restaurant an Restaurant, wir wählen den Nepalesen mit dem jungen Nepalesen, und der ist so charmant gleich in dich verliebt, dass wir unter Sternen vor den brandenden Wellen doch etwas an den Rand geraten. Du lädst mich noch zu einem Drink auf deinen Strohbalkon ein, und nachdem wir eine Weile lächeln, rauchen wir eine Zigarette. Dann fotografierst du den kleinen grellgrünen Frosch am Balkonbalken von allen Seiten, du kniest auch dazu, und dein kurzer, straffer Rock prallt mir den Hintern fast zu schön obszön entgegen. Du legst dich auch noch auf den Rücken, um ihn von unten zu fotografieren, mit etwas gespreizten nackten Beinen. Wir lächeln wieder und wissen beide nicht mehr, was wir nicht mehr wissen. Doch ich schlafe allein unter dem eigenen Moskitonetz mit einem kleinen Loch, das die Vampire blindsicher finden in dieser Nacht und mich schamlos genießen. Beim Frühstück ist von der ersten Minute an Spannung in der Luft, und ich höre deine vogelzarte Stimme:

_ Ich bin eigentlich gar nicht so der Typ für pure Strandtage, außer wenn man verliebt ist, was man ja nie wissen kann, klar, und wir haben uns spontan auf diese Reise eingelassen, aber vielleicht sollten wir besser noch etwas in Goa herumreisen, als fünf Tage hier nichts tun.

_ Ja klar.

Und bin schon ohnmächtig aufgeladen ob deiner nur noch bikinibedeckten Nähe. Am Strand werden wir sogleich von der ersten jungen Verkäuferin an der prallen Sonne eine halbe Stunde in Beschlag genommen, und obschon wir sagen, wir wollen gar nichts kaufen, setzt sie sich hin, gibt uns die Hand:

_ What's your name? Which country? Oh, Switzerland is a nice country!

Und genau diese drei Versatzstücksätze, die einzigen, die hier englisch gesprochen werden, werden wir nun täglich tosende Male hören, bis wir es nicht mehr hören können. Dann werden wir es sehr vermissen. Die Inderin breitet ein Tuch aus und holt langsam und ausführlich aus ihren drei Säcken Spiegel, Ringe, Ketten, Tücher, Muscheln, Perlen, Holzelefanten, Schachspiele. Du hast Lust am Feilschen, und wenn sie einen Preis von dreihundert Rupien für eine Perlenkette anbietet, handelst du es im puren Spiel unter hundert, ohne Kaufabsicht. Doch die ebenso Kluge wie Charmante bringt uns, sehr genau merkend, was uns doch etwas gefällt, mit Sammelverkaufsaktionen zum Kauf eines versilberten Aschenbechers, eines mit Spiegelstücken verzierten Tagebuchs und einer grünen Steinkette zum wohl fünffach reduzierten Anfangspreis. Alle sind wir am Ende zufrieden, nur merke ich schon die Sonne auf der noch ungewohnten Haut und auch im Hirn, nehme endlich ein Bad, deutlich benommen noch mehr von dir. Dann gehst du selbst schwimmen. Ich schaue dir zu, wie du ins Wasser watest, und ich schaue dir zu, wie du schwimmst, und ich schaue dir zu schon ohne dir zuzuschauen, wie du aus dem Wasser kommst, und wie du auf mich zukommst, sehe ich auch deinen nun so finsteren Blick. Du wirfst das Badetuch weit neben mich, nimmst den Kopfhörer deines iPods, hörst Musik und schließt die Augen. Ich gehe ins nahe Café an den Schatten heran und trinke endlich viel Wasser. Bald kommst du auch, nur immer noch finster. Und wie du formal sagst, du möchtest einen Spaziergang machen weiter gegen Süden des Strands, mit anderen Cafés, frage ich schon deutlich irritiert:

_ Würd' es dich denn stören, wenn ich mitkäme?

_ Das musst du nicht von mir abhängig machen, wir sind hier unabhängig voneinander.

_ Ja schon, nur scheinst du mir grad irgendwie etwas verstimmt.

_ Mein Problem ist, dass ich mich sehr schnell eingeengt fühle!

Weiter sagst du nichts und schaust weg. Ich schweige auch, damit ist ja jetzt alles gesagt. Wortlos zahle ich das Wasser, wortlos gehen wir zu den Bungalows, ich selbst nun so verstimmt, dass ich schon verstummt bliebe, wenn ich noch sprechen wollte, obgleich ich auch nichts mehr zu sagen habe. Dich zu sehr angeschaut haben, das hat die zunehmende Nähe in jähe Distanz umgepolt, und dies polt jetzt alles um. Dumm. Und das Dümmste ist, dass das nicht Ineinanderfallen auch dich genauso nervt wie das Anstarren, was uns beide beides nervt an beiden und überhaupt. Entweder ganz oder ganz nicht, auch wenn das gar nicht möglich ist. Nun ist es zu spät. Bei den Bungalows ziehen wir uns ins Eigene zurück. Nach Kurzem höre ich dich von draußen rufen, dass du den Strand abgehst.

_ Ja, das ist gut,

und kann meine Wut abgehen lassen. Ja, ich hätte dich ewig anschauen können am Strand, ewig selig ewig. Und ich werde dich herrlich wieder so anschauen. Wenn du dem reinen Blick nicht standhältst, fällt die Irritation auf dich zurück. Und wie du mit einem gemieteten Scooter zurückkommst, bist du aufgeräumt, ich auch, und wir beschließen, ein gutes Restaurant zu suchen. Doch auch zur Nachspeise fließt es nicht wie sonst. Und weil in solchen Momenten alles Reden nur die Verlegenheit überspielen ist, wird auch jedes Schweigen grässlich:

_ Ich wollte dich gar nicht anschauen, doch ich konnte nicht wegschauen, weil du so irrschön bist. Das ist doch nur ein Kompliment.

_ Aber so ist das kein Kompliment, und so will ich das Kompliment gar nicht haben, und du tust und sprichst, wie wenn du souverän wärst, aber du hast Angst vor jeder Reaktion von mir.

_ Das stimmt nur von früher und stimmt auch überhaupt nicht mehr, denn du bist selber auch so krass haltlos und kippst aus nichts in Verstimmung und Versunkenheit. Du bist selber ja auch so quer in deinem Irresein, dass dich dein Spontanitätsgott immer aus der Kontinuität wirft. Du bist zwanghaft konstant inkonstant, in jeder Beziehung unheilbar konstant inkonstant.

Und ich schaue dich an wie eine liebesunfähige Götzin, die das Verstecken braucht aus abgetöteter Hingabe und antrainierter Gleichgültigkeit. Kalten Blickes schaue ich dich an, ohne Scham und ohne Lust. Und du wiederum schaust hinaus aufs Meer, auch ohne Regung, ich blick dich an und du hinaus in die nachtschwarze Wand des Indischen Ozeans. Wie das Leben die Rache Gottes am Leben ist, ist die Irritation die Rache der Ganzheit an der Irritation. Denn was uns verstört, ist die Harmonie, in der wir uns immer traumhafter einschläfern, um zum Unblitz immer entsetzter zu erwachen. Wir könnten uns jetzt auch mit Lust pausenlos hauen. Stattdessen hauen wir nach Panjim ab. Wir klirren vor Kälte, und jeder bleibt rücksichtslos bei sich selbst. Ein Fahrer der Bungalows fährt uns, wir wünschen laute Musik, schauen nebeneinander jeder zu seinem Fenster hinaus und lassen uns ins Nirwana versinken. Das laut Lonely Planet besonders schöne Hotel ist ausgebucht, sie geben uns ein Tochterhotel an, dieses aber ist auch ausgebucht. Wie passend zur schon perfekten Antistimmung. Du findest im Lonely Planet weitere empfohlene Hotels, und alle sind ausgebucht. Es ist Mittag, und es ist verhext, nein, es ist nicht verhext, es ist die perfekte Idiotenverhextheit in mir, dem Idioten, von dir, der Hexe. Da, das Alfonso hat noch ein freies Zimmer, eines genau, exakt genau eines.

_ Haben Sie nicht noch ein zweites?

_ Nein, aber es hat zwei getrennte Betten, ist das nicht okay?

_ Ich finde schon.
Du aber schaust schon wieder in deinen Lonely Planet, den wir doch schon ganz durchgeackert haben.
_ Ich nehme dieses Zimmer, und wenn du kein anderes findest, kannst du ja immer noch hier mit einziehen, die du mich nicht ärgern willst mit den getrennten Zimmern!
Da stehst du schon mit vor Abscheu sprühendem Blick auf der Straße, und ich rufe:
_ Wann sehen wir uns und wo?
_ Ich suche jetzt ein Hotel,
und bist ohne dich umzudrehen schon um die Ecke verschwunden. Ich selber kochend vor Kälte denke, das war's dann, die sehe ich nie wieder, lasse mir das Zimmer zeigen und finde es gut.
Doch schon zehn Minuten später mach' ich mir Sorgen, dass du kein Hotel findest und aus Wahnsinn auch nicht zurückkommst, mir fällt auch ein, dass mein fast leeres Handy jeden Augenblick ganz erlischt. Das Akkugerät aber liegt im großen Koffer, den wir im Hotel in Mumbai deponiert haben, da wir nach den Strandtagen wieder über Mumbai weiter nach Norden wollen. Und das lässt mich, dass ich gleich keinen Kontakt mehr mit dir haben kann, panisch werden. Ich renne aus dem Haus, dich auf den Straßen der nicht gar zu großen Goahauptstadt zu finden und frage auch hektisch in jedem noch nicht versuchten Hotel nach dir, erfolglos. Überdreht find ich nicht einmal mehr zum Hotel zurück, so kopflos habe ich es verlassen. Ich laufe sinnlos immer wieder die etwa selben Gassen auf und ab, und den Namen des Hotels habe ich auch vergessen. Auf die Gefahr, den letzten Rest des Akkus zu verbrauchen, schreib ich dir eine Kurzmitteilung, wie denn mein Hotel heiße, und ob du da hinkämest. Schnell antwortest du: *Alfonso, in 20 Min.* Und nun bin ich zu meiner eigenen Verblüffung nicht nur riesig erleichtert, sondern auch fast enttäuscht, dass das Panische nicht bleibt und das Ende nicht endgültig ist, und alles entpuppt nun nur mehr den uns nun nur noch entblößenden Engel. Drum

ring ich wieder mehr mit dem Engel als mit dir, oder auch mit dir mit dem Engel in mir und möchte mit dir lachen wie Engel ohne Geschlecht, auch wenn das Ungeschlecht der Engel ultraübersexuell ist.

Ich habe nie eine Frau so begehrt, zugleich will ich gar keine Berührung mehr.

Jetzt will ich lieber noch erschlagen werden als von dir geküsst.

Jetzt würde jeder Sex den Sex vermindern.

Und wie wir uns wiedersehen, sind wir scheu, schauen uns die gottverlassenen Kirchen an und finden, dass die Krähen hier viel dünner krähen als in Europa. Du hast ein günstiges, kleines Hotel gefunden, gar nicht weit von meinem, und der Nähekrieg hat sich in feinste Aufmerksamkeit verflüchtigt. Zugleich verfestigt sich der Geist, die Bejahung nur noch in der Ablehnung zu wollen, das Finden im Verlieren, die Wärme in der Kälte.

Jetzt wäre Intimität allein aus Abscheu doch wieder Anbetung.

Nur wenn wir uns mit Todesverachtung wie zur Hinrichtung hingeben wollten, als ob wir uns freiwillig unendlich widerwillig unter das Schafott legten, würde es noch Tristan und Isolde. Sich töten und sich lieben in eins.

Gegen Abend fahren wir zum Strand etwas nördlich der Stadt, an dem sich laut Lonely Planet alle den Sonnenuntergang ansehen, und erleben das fantastischste Sterben des Tages, welches du auch fotografierst, mit tanzenden Mädchen am Wasser, mit einem großen Schiff davor und darunter, die Sonne bleibt sichtbar bis zum Meereshorizont, über und über rot wird sie, so schöne Fotos machst du. Zurück nach Mumbai nehmen wir einen Sleeper, weil er mit Gitterstäben ohne Gläser die schönere Sicht freigibt als die oft beschlagenen Fenster der klimatisierten teureren Klassen, und morgens um zehn losfahrend sind wir, da der Zug zur Überraschung aller keine Verspätung hat, abends um zehn am Zentralbahnhof und um elf an der Rezeption des Hotels, wo sie offensichtlich erstaunt sind, dass wir noch kommen. Und sie sagen uns, es sei das Zimmer 1003.

_ Und das andere Zimmer?

_ Wir haben nur dieses frei.

_ Wir haben zwei reserviert und auch schon vor einer Woche in zweien hier übernachtet und es wiederum genau so für heute abgemacht.

_ Wir haben nur eines frei.

Die entschuldigen sich nicht einmal für die Schweinerei und denken wohl, wenn diese zwei Turteln nicht im selben Zimmer schlafen, sind sie selber schuld.

Du aber bist schon weg, ich verlasse das Hotel ebenfalls und finde dich draußen, wütend, wie sich versteht:

_ Ich will nicht so kompliziert tun, aber deren ignorante Frechheit hat mich zu sehr genervt. Hier nebenan ist gleich noch ein Hotel, etwas teurer, aber wenn wir nur ein Zimmer nehmen, wird es dennoch günstiger.

Wieder wird das Glück schwerer zu ertragen, dass wir es mit Schwermut erleichtern und sterben wollen, um es nicht mehr auszuhalten. Es macht stumm und man möchte nichts anderes mehr. Jeder stirbt im Traum in seine eigene solipsistische Welt hinab. Jedoch in sich selbst in dich zerbrechen ist das Offene, in welches wir gemeinsam verschlossen sind. Die Virtualität hat das Ich höllisch in sich selbst eingekapselt. Wir sind aber nicht nur Einbildung, wir sind begegnende Einbildung, und dies ist der Geist-Atem jenseits von Fortpflanzung und Überleben und Zweck. Im überschwemmenden Milliardenlachen Indien wird es die blanke Gewissheit. Und in Varanasi sind auch viertausend Jahre heilige Waschungen und Gebetsrituale im dreckigsten, reinsten Ganges. Kreisende Schwalbenschwärme über brennenden Toten am Manikarnika Ghat. Und obschon es auch Geier gibt, ist es hier seit je der Seelengesang der Schwalben. Hier sind es Wolken wie Ewigkeitsgemälde über einfachem Ruderschlag vor Sonnenaufgang. Und

wie wir in Bodhgaya hinter dem Tempel plötzlich vor dem Bodhibaum stehen, unter dem Buddha die Göttlichkeit einleuchtete, rinnt eine Perle auf das Blatt, das vom Baum vor die Füße fällt, weil der Baum selbst hier das Heilige ist, und weil Buddha selbst hier war, als ein Zeichen, dass das Unmögliche uns möglich macht.
Ein Gestirnzeichen sind wir, ein Deutungslos. Ein Schmerzlos sind wir und haben fast in der Sprache die Fremde verloren.
Und wiederum weil wir die Idealität der Sprache haben, können wir der Erde nicht ganz vertraut werden, oder weil etwas Weltfremdes in uns ist, hat uns die Sprache.
Am Abend vor deiner Weiterreise in den Süden und meinem Nachtflug nach Genf willst du plötzlich noch Champagner trinken, dann nochmals feinsten Fisch essen, nötigst mich immer Rotwein zu trinken, während du auch viel trinkst.
_ Auf Wiedersehen in Europa dann irgendwann,
und die Umarmung ist lang.

Auf die Fremde Zugehen ist Sterben, und Sterben ist Nacktwerden immerzu. Auf die Nacktheit Zugehen ist dich Sehen, und dich Sehen ist sich ein Fremdwerden immerzu. Die Fremde, große Landschaft unbekannt. Die Fremde, alle anderen unbekannt. Unbekannte Göttin hin zum unbekannten Gott, hin zum unbekannten Tod. Sich öffnen der Fremden rückhaltlos. Die Fremde ist geheime Nähe. Mit der Fremden die Ewigkeit der einzigen Nacht. Du bist die verborgene Nacktheit der fremden Vertrautheit. Du bist die Vertrautheit der Fremde, eine fremde Vertrautheit ist gestalthaft zugegen. Und wenn wir uns noch so vertraut sind, was uns überkommt, ist immer das uns Fremde an uns, das uns ins Dunkle hinab erhellt, und wenn wir uns noch so vertraut sind, was uns erregt, ist das uns Ungewisse.
Das Ungewisse ist das geheime Etwas der Zeit.

Eins: Frühling.
Und drei Minuten vor dem letzten Zug möchte ich nach völlig verträumtem Tag in Genf am Bahnhof noch ein Bier kaufen, doch die Verkäuferin macht den Imbissstand grad mit Blechplatten, die das Verkaufsfenster schon zur Hälfte bedecken, zu:

_ Verkaufst du mir noch ein Bier?
_ Soll ich denn auf der Straße schlafen, wenn ich den Laden nie schließen kann? Und ich hab die Kasse schon gemacht.
_ Mein Zug fährt in zwei Minuten, und wenn ich gleich den Zug verpasse ohne Bier, musst nicht du, sondern ich auf der Straße schlafen, es sei denn, ich kann bei dir übernachten.
Schon ihr Blick hat eine so entschlossene Offenheit, dass ich mein Herz höre. Das Eindringliche drängt nicht, und ich rutsche unter ihr durch und gebe ihr das Gesicht. Erst weiß ich nicht, ob sie so enttäuscht ist, oder ob sie es so gern hat, aber so gescheuert von ihr werde ich urmundsselig und gerate in einen Geistesraum unter der Besessenheit. Vielleicht gibt sie mir gar den Rest, und obschon es so schön ist, muss ich mir Luft verschaffen, möchte aber zugleich nicht, dass sie denkt, es sei mir zu krass. Stattdessen legt sie sich entspannt auf den Bauch. Sie seufzt im Nu stärker und hebt auch das Becken etwas an, damit ich auch ganz nach vorne komme, und wie ich von hinten nach vorn und wieder nach hinten immer hin und her gleite, streckt sie sich mir immer mehr entgegen, ihr Geruch ist intensiv, doch ich mag ihn sehr und fühle mich kloakenzeitlich heimgekehrt. So sehr kann ich sie riechen, dass ich in den jenseitigen Raum gerate, da höre ich sie:
_ Oh Gott,
und umso unwillkürlicher ahnen wir es als ein und dasselbe nackte oder orale oder verzückte Gebet.

Zwei: Sommer.
Sie ist so demütig radikal, dass ich nicht zögere, sie gleich an den Brüsten zu streicheln und sie zu küssen, beide sagen wir sogleich, wie gut uns nackt tut zueinander, ich glaube, wir wollen ewig nur unsere Haut umschlingen aneinander, sie stößt mich auch mit dem Hüftknochen aufeinander und versetzt den Bällen kleine Blitze. Sie ist so radikal demütig, dass sie mit der Welt wie mit sich selbst abzurechnen scheint, ein wilder Terrorakt gegen die angepasste

Anbiederung. Ist unser Bumsen eine Buße? Wollen wir mit Heftigkeit alle Lauheit als unsere Schuld sühnen?

_ Tut es weh?

_ Alles andere.

_ Wird es dir zu viel?

_ Nein, nur endlos weiter, endlos ohne Ende.

_ Magst du es so?

_ Ja.

_ Oder so?

_ Ja.

_ Magst du anal?

_ Ja, wenn du auch magst.

_ Ja, drum frag ich ja.

_ Ja, ich weiß, aber aus Verlegenheit habe ich gesagt: Ja, wenn du auch magst.

_ Ja, ich weiß, aber auch aus Verlegenheit hab ich dann gesagt: Ja, drum frag ich ja.

_ Ja, ich weiß.

_ Ja, ich weiß.

_ Dann lass die Katzen frei.

_ Hast du auch schon per Dildo einen Arsch gevögelt?

_ Einen Arsch nicht, aber eine Frau, denn ich war ein Jahr mit einer zusammen, und wir haben uns einen Umschnalldildo gekauft.

_ Hast du den hier?

_ Obschon sie die von Hause aus Lesbische, ist er in meiner Schublade liegengeblieben wie ein Revolver mit einem Gürtel, als wäre ich ein Cowgirl.

Zuerst möchte ich sie gleich wieder rauswerfen aus meiner Analwohnung, doch dann, ganz drin, werde ich davon so trunken, dass ich zulasse, wie wahr jedes Schwulsein ist, erst recht, weil ich es nicht bin. Dieser unmenschliche Phallus ist ihr Gottunding, dass ich hier bin, der ich nicht bin, auch eine Frau und sie ein Mann, und wir auch damit, was wir nicht und immer sind.

Kaum haben wir etwas gegessen und ein Glas Wein getrunken, geraten wir schon wieder in die Schöpfung der Erschöpfung, und wenn die Stunde kommt, möchte ich zu ihr kommen wie zu mir selbst, denn so kongruent haben wir die Verausgabe, warum nicht, indem du das Ende bist, zusammen vollends dich sehn? Und wie allen Endzeitlichen schon keine Zeit und alles Erleben wie nicht ist, wird nackt das Sterbegebet ledig allen Standes. Die Aufmerksamkeit, die Heiterkeit, die Lebendigkeit, die Trunkenheit, die Orgasmusbeflügelung, daraus wir entstehen und dahin wir vergehen.

Drei: Herbst.
Und sie scheint so anbetungswürdig, und nach dem von ihr mit Gemüsestückchen fein gemachten Fondue sagt sie, dass sie, obschon sie noch jung, schon gar nicht mehr auf Sex versessen sei, grad ebenso gut ganz ohne sein könne, honestly auch nur ein Mann mit Geld sie geil machen könne, sie überdies am liebsten eh nur verwöhnt werden wolle, und kaum einer dies gerne mache, und schaut mich süß an.
_ Ich mache das fürs Leben gerne,
doch sie schaut mich süß an und will nicht.
_ Ich schenke dir auch gern Geld.
_ Geld kann ich gut brauchen, aber ich will nicht.
Da neige ich mich, vorerst ihren Fuß zu küssen, doch sie zieht ihn zurück.
Nun hat mich ein sie um jeden Preis Bedienenwollen, ich weiß ja nun doch, dass sie es gerne hat und es mir doch gesagt hat, weil sie es gerne hat. Ich stehe auf, gehe zum nächsten Bankautomaten, kehre zu ihr zurück und lege ihr Hunderterscheine auf den Tisch:
_ Darf ich?

Sie schüttelt lieb ihren Kopf. Die Plötzlichkeit wächst in der Nacht. Ich verspreche ihr das Vielfache, wenn ich sie nur ein einziges Mal befriedigen darf, und sie antwortet, Geld nimmt sie gern, aber sie

will nicht. Ich lade sie zu teurem Essen ein, sie aber möchte nicht. Und jetzt könnte ich schon Banküberfälle machen für sie, sie aber reagiert schon auf gar nichts mehr. Da bitte ich sie per Kurzmitteilung nur noch um ihre Kontonummer, nur dieses noch, auch wenn wir uns nicht wiedersehen. Und siehe da, sie sendet mir ihre UBS-Kontonummer samt Bankenclearing im Nu, mit einem Smiley. Und nun, ihre pure Kontonummer mit dem Smiley sehend, kann ich nicht anders als ihr sprachlos drei Smileys senden, den Rollladen runterrollen, Musik anmachen, mich ausziehen und mich mitten am Nachmittag mit Göttin, oh Göttin, süßeste, selbst zu erlösen.
Nachts ende ich schon wieder mit dem Bild ihrer Schönheit.
Anderntags schreibe ich ihr: Immer fantasiere ich, dich von morgens bis abends Tag und Nacht zu lecken, auch während du am Computer sitzt oder liest oder telefonierst, auch zum dich Entleeren mich nicht unterbrichst und alle Erleichterung meinem Mund schenkst. Und es erregt mich die Idee, dass ich dir statt aufs Konto zum Tee Tausendernoten geben darf, und wie du mir Sex schenkst ohne deinen Sex, allein mit deinen Schuhen, die du nicht ausgezogen hast, indem du völlig angezogen auf dem Sofa sitzt, ich aber nackt dir zu Füßen, und du mit dem Stiefel oder Stöckelschuh meine Blöße bedeckst, zuweilen auf dem Boden ausdrückst wie eine Zigarette, während du Zigaretten rauchst und mit mir unseren geistigen Reichtum tauschst, wovon ich über kurz oder lang sterbe und dir alles vererbe. Oder du drei Meter weg und ich allein vom dich Anschauen zur Verzückung gelangend.
Und es ist ja noch schöner, wenn du zwar angezogen bleibst, aber mit dem Rock ohne Slip auf dem Sofa sitzt, und mich unter dem Rock dich küssen lässt, während du weiter Tee trinkst, bis du dich immer nasser verwöhnen lässt, das Gesicht immer krasser zudeckst und mich nach so viel Jasmintee mit einem Urinsee überschwemmst.
Darauf reagiert sie wiederum auch nicht, mag es mich kosten, sie zu kosten, was es will. Im globalen Kapitalismus müssten wir eh

für jeden Sex Geld nehmen oder für alles Geld Sex geben. Weil Geld Macht ist, macht Geld geil, und weil Geilsein Macht ist, macht Sex für Geld geil pur und so weiter, wir kennen das, alle. Und siehe da: plötzlich ruft sie an, sie hätte sehr viel zu tun gehabt, ob ich denn für einen feinen Jasmintee Zeit hätte.
Und wie ich ihr die Tür öffne, bitte ich sie, ihre schönen Stiefel doch anzubehalten. Sie zuckt mit den Schultern:
_ Meinetwegen.
Doch als ich vor dem Sofa zu ihren Stiefeln sitze:
_ Nee nee, ich will nur Tee mit dir trinken, und ausziehen brauchst du dich vor meinen Stiefeln auch nicht.

Vier: Winter.
Wir sind so scheu miteinander, dass wir bis vier Uhr morgens DVDs schauen, sie schläft im Gästezimmer, und nach dem Frühstück wünschen wir uns einen schönen Tag. Das nächste Mal gehen wir ins Kino oder ins Konzert oder ins Theater, und immer fragt sie:
_ Was möchtest du noch tun?
_ Nichts, willst du noch eine DVD gucken?

Obgleich es längst Zeit wäre, drängt es uns nicht, und ich denke, das ist das Zeichen unserer Liebe, dass es nicht geschieht und wir dennoch erfüllt sind voneinander, scheu, aber treu und voller Nähelust. Und wieder schauen wir eine erotische südkoreanische DVD und ich denke sie gleich an der Hand zu nehmen und sie zu küssen. Sie öffnet den Mund:
_ Was möchtest du noch tun?
Und da spüre ich mich stinken aus dem Arschloch und finde mich zum Erbrechen beschissen.
Im Bett bin ich genervt. Jetzt wäre es echt Zeit gewesen. Jetzt ist es über den Punkt hinaus.
Und wieder zeigt sich: Man kann bei aller Liebe auch zu lange warten, und dann ist es schlicht zu spät und jedes Paarsein vollends

eine Halbheit, eine Feigheit, eine Posse. Eine Zeit steht das Tor der Liebe offen, dann geht es wieder zu, auch wenn es nur für mich offen war. Beim Frühstück sind wir zum ersten Mal nicht nur scheu, sondern auch noch verschämt, und wie sie geht:

_ Mir fiel diese Nacht der Satz ein: Eine Zeit lang steht das Tor der Liebe offen, dann geht es wieder zu.

Sie schaut mich mit leuchtenden Augen an:

_ Ja, das ist sehr wahr.

Ich bin verblüfft: also ist es nicht zu spät, denn sie sagt ja damit nur die Liebe, für die es nie zu spät ist. Wir merken nur, dass es auch zu spät sein kann, und indem wir es merken, ist es nicht zu spät. Doch wie ich wieder mit ihr abmachen will, hat sie keine Zeit, nächste Woche auch keine Zeit, und wann sie Zeit hat, weiß sie nicht.

Ich schreibe ihr inständig und bringe blind eine Rose.

Sie ist tatsächlich überrascht, mich vor der Haustüre zu sehen und hat weiter grad keine Zeit. Ich bitte sie um eine Aussprache.

Kalt sagt sie zu einem Kaffee am Hauptbahnhof zu.

Wir bräuchten uns allerdings gar nicht mehr auszusprechen, denn das Aus ist ja allein schon aus ihrer Stimme deutlich ausgesprochen, und es ist ausgesprochen deutlich, dass sie wie umgestülpt ist.

Und wie wir uns sehen, hat sie tatsächlich die Chuzpe zu sagen, sie sei verblüfft gewesen, dass ich den Satz gesagt vom Tor der Liebe, denn genau in der Nacht davor habe sie im Bett gedacht, das müsse jetzt aufhören, das sei nur eine Zeit der Blindheit, ein Irrtum gewesen, und wie ich sie höre, möchte ich gleich ins Irrenhaus gehen und dort den Irrtum des Nichtirreseins in die Verrücktheit zurückrücken. In der Sekunde, in der wir beide in den beiden nebeneinander liegenden Zimmern durch die Wand hindurch die Wandlung merken, ist es zu spät. Wenn das nicht das Wunder der alles wahrnehmenden Wunden ist, weiß ich nicht. Das allein müsste schon Ungrund genug sein, sich ewig bedingungslos zu lieben. Und das nur wegen der Stinkerei, und weil man solches nie ausspricht. Und also sage ich ihr das auch gleich noch, dass ich damals auf dem Sofa während der DVD nur drum nichts näher gemacht habe, weil ich aus dem Arsch zu stinken dachte, und jetzt stinke ich nicht mehr und liebe sie umso mehr. Da schaut sie mich gar befremdlich an, und die alles merkende Seele merkt schon, dass das jetzt nichts Näheres und schon gar keine Liebeszusage ergibt. Das ist die Rache der Feigheit, dass unser eigener Gestank zur Hölle wird, anstatt dass auch unsere Exkremente noch duften. Denn das habe ich immer erfahren, dass das Zusammenschlafen die beste Verdauung schenkt. Verdammte Rache der Natur an unserer elenden Verklemmtheit. Man kann die Menschen in zwei Teile teilen: in solche, die gut, und in solche, die schlecht ihre Reste absondern, und damit zugleich in solche, die einander erhöhen, und in solche, die einander nicht erhöhen in absonderlichen Zeiten wie diesen. Und wenn das gar nicht wahr ist und es viele gibt, die Sex haben und dennoch Scheißprobleme, und viele, die klugscheißen und dennoch allein sind, so ist es trotzdem wahr. Und weil wir lau sind, stinken wir und haben Mundgeruch und verfaulen inwendig. Das kommt von unserer gottvergessenen, geldverschissenen, geistverlassenen Verhocktheit. Da laufe ich nur noch und faste auf den ekstatischen Engel zu. Du hast den Sexwein des Anstoßes zum Eckstein gemacht und die Anbetung zur Provokation. Demut ist wie Nacktheit per se pervers, und im polymorphen Gebet röcheln wir uns dir zu. Das Fleischwerden ist so das Innerste des Gottzelts, dass es vom Teufel zum Teufel verdirbt. Drum gibt Paulus auch nur Milchspeise für Säuglinge. Doch dass alles von der Innigkeit vergöttlicht ist, ist alles. Dass es jederzeit nicht passieren kann. Es ist das Aufladen unseres sich stauenden Zeitraums. Wir gipfeln uns mit der Zeit hinüber, auf die verlichtende Höhe, auf die verdichtete Ohnmacht zu, oh Nacht!

SIEBTER SCHRITT

Was macht die Liebe aus? Dass sie sich nirgendwo ausmachen lässt, das macht sie aus.

Dass die Liebe nicht sein kann, darin geht sie mit allen auf.

Auch die unerwiderte Liebe ist darin eine gelungene Liebe, und die unerwiderte Liebe erfährt sogar viel gewisser, dass sie nicht sein kann.

Auch die gegenseitige Liebe kann nicht sein, ist aber viel anfälliger, es zu vergessen und in der Gewohnheit umso fahler nicht zu merken, dass sie nicht ist, oder produziert unentwegt Anfälle und Dramen.

Weil die Liebe unmöglich ist, machen wir sie auch unmöglich. Und wiederum macht die Liebe das Unmögliche möglich, das sie ist. Sie macht das Unmögliche möglich und macht sich auch unmöglich. Romeo wie Julia konnten ihre Liebe so rein und bedingungslos sein, weil sie nicht sein konnte. Bei ihnen konnte sie von außen nicht sein, ihr Nichtsein aber war dennoch innen bei ihnen. Und wenn ihr Nichtsein nicht von außen geplagt wird, erfährt sie es innen, was sie schon immer nicht ist.

Drum ist es so klar, dass es von Beginn weg so traumhaft war und doch nie ganz wirklich sein will: damit es nicht sein kann.

Das haben wir zusammen rein erfahren.
Das haben wir allein allein erfahren.
Drum dich nicht mehr und immer sehen. Wollen. Wie deiner keiner eines Blickes würdig ist, wird niemanden mehr sehen die schönste Begegnung mit allen. Alles ist dank der Kälte und Gleichgültigkeit und Beliebigkeit und Zufälligkeit und Kontaktlosigkeit zum Gottschmerz geworden. Wie das Leben nur die Vorlust der Ewigkeit ist, habe ich mit dir das Vorspiel der Liebe erfahren. Und wieder träum ich von obszönem Opfer. Und mich drängt das Durchbohrtwerden. Auch die himmelschreienden Morde dienen dem umso herzzerreißenderen Ende. Im Ermordetwerdenwollen wird das Leben Paradies. Der Ermordetwerdenwollende ist wie der Mörder der mildeste Mensch. Und der sexvollste. Wer den natürlichen Tod oder den Selbstmord sucht, flieht dich genauso wie wer den natürlichen Tod flieht und überhaupt nicht sterben will. Nur wer in dich hineinsterben will, ist in den Sex eingeboren, was er schon immer nie ist. Von nun an und in Ewigkeit ist das pathologisch, was es schon ewig nie ist. Dass die Liebe pathologisch ist, ist ihr größtes Geschenk. Sie schenkt den Wahnsinn, wahnsinnig zu sein und auch wahnsinnig sein zu wollen. Wir gehen ins Pathologische samt dem unerträglichen Pathos. Bumm. Dass deine Wirklichkeit aus der Einbildung, aber nicht Einbildung, ist unser Wahn, der wir sind in Wahrheit. Bumm bumm bumm. Im Traum können wir alles und vermögen das Unmögliche für und für. Doch real zu werden, was du unfassbar bist, können wir aus der Einbildung nicht fassen, die wir es als Einbildung schon nicht sind, auf dass wir uns irren für und für, bis der Traum aus dem Traum aus ist. Doch du brachende Sprache bist beides in eins und verwirklichst uns den Traum zur Wachheit, bis aus deinem Traum ganz und gar aus der Traum. Die Einbildung ist aus, und aus der Einbildung deine ganze Wirklichkeit. Der Traum fällt ab, und du erwachst in dir, Bedeutung selbst, die du die Bedeutung selbst bist. Und endlich fällt auch die Virtualitätsteufelei ab, die Virtualität ist ja der den Geist

paralysierende, das Leben verglasende, die Lust vermummende Frusttod überhaupt.

Wenn uns die Liebe gelingt, können wir zu wenig leiden. Ich kann dich unendlich leiden. Wir wollen gar nicht, dass uns die Liebe gelingt, damit wir an ihr die größere Liebe zu erleiden nicht vermeiden können. Was für ein Glück das ist: An dir leiden können! Ein Schicksal erleiden! Wir möchten deinen Orgasmus sterben, wir möchten restlos pathologisch sein, und schon hat uns das Gottlachen aller, der milde Goldglanz der sonnenüberfluteten Erde. Der Ernst ist ein Lachen und der Todernst dein einziger Jauchzer. Warum ist der Mensch politisch, ethisch, religiös, kulturell, beziehungsmäßig, persönlich, universal ein ständiges, ungewisses Chaos? Weil wir aus der unfassbaren Geisteinbildung unweigerlich ein Unfassungslos ohne Boden bleiben. Und nur aus Geist können wir Geist und Taten leugnen wie Ungeist und Untaten. Jede Geistverneinung ist Geist und du auch ohne dich die Ungeschaffenheit, an der wir in der Einbildung teilhaben. Drum erfährt die Wissenschaft im Sachlichen die Gewissheit, dass du nicht existierst. Drum glaubt der Unglaubende viel strenger nicht, weil er an der Unmöglichkeit festhält und dich nicht auf eine Möglichkeit reduziert. An der Möglichkeit kann ich zweifeln, an der Unmöglichkeit nicht. An der Realität kann ich verzweifeln, an der Einbildung nicht. Jede Einbildung nähert dein Erkanntsein, welches unmöglich bleibt. Wozu denn noch? Wegen der Unmöglichkeit und der Unglaublichkeit, welches das märchenhafte Glück ist. Die Liebe zu erfahren, die es nicht gibt, ist das reinste Märchen. Je mehr wir an deiner Nichtexistenz leiden, desto mehr erleiden wir sie im Fehlen. Wer an deinem Fehlen leidet, stirbt dich einziger und einziger, und wem du nicht fehlst, wird bestenfalls fahl, unweigerlich aber rechthaberisch, höhnisch, zynisch, kalt. Und es fehlt dem Nichtfehlen die Gottwut ob der fehlenden Vollkommenheit.

Die Glückswut des nackten Herzens, welches vor Liebeswut nichts kennt und nichts sieht.

Mich nimmt es Wunder, wie es dir geht und was du machst! Erzähl mal endlich! Ich bin in München, wie immer... aber das muss sich ändern, überhaupt ist wieder einmal Veränderung angesagt in meinem Leben! Das Leben ist doch pure Veränderung, und ich kann nicht leben im Trott und Routine und alles, was meinen Wahrnehmungssinn lahm macht und und hey meld dich endlich!!

Ich werde mich nicht melden, es ist eh ein Märchen und kann nur gut gehen, besonders, wenn nichts geht. Der Vernünftige erfährt in allem unzweifelhaft, dass du ein Märchen und also nicht wahr bist. Und dem dir zu Sterbenden wird das Erleben selbst zum Märchen, wahrer als alles. Und wie Märchen nur Traum sind, werden sie den Innigen das ganz Intime selbst, das die Welt per se nicht wahrnehmen kann. Und weil das Leben mit dir nichts zu tun hat, stehen wir jede Sekunde gegen den Lebensfluss. Wir springen in den Überfluss und atmen dich durch. Wir brechen dich auf und auf. Es ist das nie Ablassen von der Unspannung in jeder Begegnung, welche immer neu kleine Ungeheuerlichkeiten schafft, kleine Unglaublichkeiten der Unmöglichkeit, dass nur die Unmöglichkeit uns erfüllt, die immer da ist, weil sie unmöglich ist.
Warum kommt alles gut? Ich weiß es nicht. Es ist ein Märchen.
Warum ist es so schön? Ich weiß es nicht. Es ist ein Märchen.
Warum ist es so grässlich? Ich weiß es nicht. Es ist ein Märchen.
Das Märchen ist ja Aberglaube wie das Wunder. Das Glauben selber ist das Unglaubliche und also die Wunde, die es nicht gibt. Es ist das Unbild der Einbildung, die sich dein Nichts in sich hineinbildet. So sehr hast du dich in mich eingebildet, dass du da bist, ohne da zu sein, und wie du hier nicht hier bist, bist du in der Sprache, in der alles nicht mehr, nicht und noch nicht ist, und aus der wir dich im Leib erleiden. Und wie in der Sprache alles nicht ist,

ist alles erst seit ihr, wie es auch die Schöpfung erst mit dem Wort Schöpfung gibt vor vielleicht siebentausend Jahr.
Seither ist das All schon Milliarden Jahre vorher nicht entstanden, dennoch ist der Anfang erst seit dem Wort Anfang. Und alles Geschehen ist des nicht seienden Gedankens, aus dem alle Wirklichkeit nicht entspringt und in den alle Wirklichkeit nicht zurückschlägt. Und alle Überlieferung ist des ungeträumten Traums, aus dem alle Geschichte nicht entspringt und in den alle Geschichten nicht zurückschlagen.
Allein mit der Sprache bahnen wir uns aus dem Zufall kein Schicksal, und jede Bestimmung und Bedeutung geschieht in ihr, aus der alle Welt nicht entspringt und dahin alle Welten nicht zurückschlagen.
Das ist der Wissenschaft Tatsache, dass all ihr Wissen jenseits der Sprache und vor der Sprache und nach der Sprache Sprache ist und bleibt.
Noch nie hat jemand ohne Sprache festgestellt, dass es eine Welt und eine Wahrheit ohne Sprache und jenseits der Sprache gibt, welche ihm das feststellt. Und noch nie hat jemand ohne Sprache festgestellt, dass das Göttliche nicht in der Sprache ist, sondern in der Musik oder in der Stille oder in den Dingen oder überhaupt nicht, womit es aus Sprache wie die Sprache nicht ist. Wie alle Transzendenz nur Sprache ist, ist alle Sprache Transzendenz. Wie jede Metaebene nur in der Sprache ist, ist die Sprache immer schon so jenseits wie jedes Wort schon Gottort.

Wir politischen Sprachparasiten, wir kapitalistischen Wortschweine.

Und wer mit Recht feststellt, dass die Sprache nur ein evolutionäres Verständigungsmittel ist, vergisst des Nichtseins Rache in der Sprache.

Auch die Evolution ist Sprache, die uns sagt, dass uns die Evolution sprachlos macht.
Auch die Ewigkeit und dich Nichtexistierender gibst du erst mit dem Wort, mit dem du Ungeschaffener uns und die Ewigkeit nicht geschaffen hast. Und im Wort bist du für uns allererst nicht geworden, und anderes als Wort bist du in unserem Fleisch nie geworden. Und anderes als Fleisch wir aus deinem Wort auch nicht. Nichtige Sprache, die wir sind, wihrrrrr wihrrrrr. Sie ist uns, die ein Wahnsinn ist, eine psychotische Göttlichkeit, die mit der Realität nichts zu tun hat, aber alles realer als alles macht.
Wir sind schuldig der Anpassung an die Banalität, an die Beliebigkeit, statt im Wahnsinn dich zu lachen. In der Sprache nichts sehen als dich. Im Gedanken hör ich dich: *Nicht ich existiere nicht, nur ich existiere.* Alles ist auf das Vorbei hin schon vorbei. Nur der Geist, der nicht ist, wird nicht vergehen. Unsichtbar ist alles sichtbar. Wer dich sieht, stirbt nicht nur, sondern wer stirbt, sieht sich von allen gesehen. Amensch, wir sehen Geist und keine Gespenster. Omensch, mit dir auf Du und Du ist das Einzige, was überhaupt nicht ist. Wo sind wir im Jenseits? Wir sind hier in der Einbildung, wo wir überhaupt nicht sind, und wir sind es schon jetzt. Oh wie deine Realität in meine Realität einbricht; so ist mein Tod nah. Achte auf die Stunde, in der die andere Realität in deine Realität einbricht; da ist dein Tod nah. Der Wahnsinn bricht aus dem in uns inexistenten Gott. Wir sind nicht umsonst das schizophrene Tier; wir werden nicht umsonst in die eigene horrende Einsamkeit gezwungen, dass keiner ausweiche.

Wir merken noch nicht einmal, wie entsetzlich einsam wir sind, wie heillos verloren.

Wir haben nichts gewonnen mit der Sicherheit, dass kein Teufel existiert und kein Gott.

Wir haben alles verloren mit der Realität, die zu steuern jeden überfordert und alle übersteigt.
Wir haben nichts gewonnen mit der Übernahme der Verantwortung aus der selbstverschuldeten Unmündigkeit und mit der menschlichen Herrschaft der Vernunft und mit dem humanistischen Willen zur Tat, denn die Verantwortung entblößt nur unser aller Unfähigkeit und eines jeden Mangel.
Und da uns dennoch die Verantwortung zu übernehmen unerbittlich übergeben ist, werden wir unweigerlich zu faschistischen Monstern, die alles Schwächere ausrotten und zugleich sich selbst zum kalten Tod werden, wie es schon immer wieder und immer ausschließlicher geschieht.

Ich bin auf dem besten Weg zum Wahnsinn, wenn ich länger in München bleibe! Und wirklich fühl ich, dass es vielleicht sein kann, dass ich langsam, aber sicher wahnsinnig werde ... Naja, aber die Fernsucht sprudelt nur so vor sich hin wie eine unversiegbare, goldene Quelle ... Also dann, wenn es plötzlich so ist: nur zu, Wahnsinn, probier es mit mir aufzunehmen!! Und obschon ich mit der Einlieferung wie immer einverstanden bin, möchte ich weg für länger oder immer, und wir könnten uns sehn!

Ich kann dich nicht sehn, denn ich kann dich noch sehn. Ich kann dich nicht sehn, denn ich leide zu wenig, und das Nichtleiden dauert mich zu sehr. Ich kann an dir auch nicht mehr genügend leiden, also kann ich dich zu wenig leiden, und das ist ein Mangel an Liebe. Ich wollte aber an Leiden vor Liebe sterben, wollte so erbärmlich werden, dass es mir den unverbrennbaren Geist verbrennt. Ich habe zu wenig an dir gelitten, als dass ich noch an Liebe sterben kann. Und wenn ich nicht an Liebe sterben kann, will ich wenigstens an Sex sterben. Da nichts mehr mich halten kann, will ich im nackten Opfer zu dir übernachten, obgleich es terroristisch ist, denn wir tun uns Gewalt an, was ich mit dir nicht kann.

Doch die Fremde ist eine Terroristin. Der unerkannte Engel ist eine Nacktpassion, um auszubrechen aus der Lebenslüge, die doch die einzig Lebbare bleibt. Die Realität hat den Mangel an der Unlebbarkeit, welche die wahnsinnige Intensität ist und kein Kompromiss an das Übliche.
Der Terrorismus ist eine echte Not gegen die unvermeidliche Banalität und die biedere Billigkeit des sich damit Abfindens. Ich werde sie wiederfinden, meine Terroristin, die auch auf Gewalt aus ist aus Mangel an Gewalt. Ich werde sie ansprechen, und es sagt sich ihr sofort zu:
_ Du willst sterben? Du kannst es erleben.

Oder: _ Du willst mit mir sexsterben? Ich will es immer mit dir.

Oder: _ Du willst finalsexsterben? Du wirst das Leben nur umso mehr lieben.

Und denke noch stiller in mir drinnen:
_ Wir werden uns ein paar Tage in deiner Wohnung einschließen, es wird bestimmt drei bis sieben Tage dauern. Doch das Gesetz des nicht Tötens werden wir streng einhalten: wir werden uns auch nicht verletzen, nur an purem Sex sterben, bis wir sterben. Wir fügen uns nur endlos Sex zu, bis wir bei bestem Willen nicht mehr können, und dann erschöpfen wir uns erst recht an Sex, bis wir an Verausgabung vergehen. Immer kalte Duschen dazwischen sind gut, kalte und auch warme Duschen. Wir wollen auch nicht an Schlafmangel sterben, sondern an miteinander Schlafen, und darin ist auch miteinander Schlafen schön. Doch nur zur Stärkung, um uns an Sex zu schwächen. Essen werden wir nicht mehr, nur trinken, viel trinken. Wasser, Wein, Bier, Kaffee, Tee, Früchte auch, Äpfel, Trauben, Mango, Ananas, Zitronen, Orangen, Grapefruit, Bananen, Naturjoghurt, aber das ist vielleicht schon zu viel. Am besten überhaupt nur trinken, auf dass es uns schwächt und

doch die Kraft zur Lust erhalten bleibt. Am meisten Wasser trinken, literweise, und doch Früchte endlos, wir kaufen sie haufenweise, wir decken uns mit Früchten und Getränken zu. Doch nur ich werde daran sterben, du weißt es, wir wissen es. Wir können sowieso nicht gleichzeitig an Schwächung sterben. Und ich werde weniger zäh sein und vorher sterben, es kann gar nicht anders sein. Es wäre ein Wunder, wenn wir gleichzeitig den Geist aufgäben. Gemeinsame Orgasmen werden wir schon schaffen, die uns immer mehr schaffen, so maßlos werden wir Sex haben, zehnmal am Tag und zehnmal in der Nacht. Wiederum überträgt sich ja die Orgasmusnähe des einen oft auch auf den anderen, und gemeinsam kommen ist drum gar nicht selten, wieso sollte nicht auch die Sterbenähe so überschwappen, dass wir gemeinsam enden? Wenn unsere natürliche Lust erlahmen will, wechseln wir alle zwei Stunden das Diktat, auch wenn wir es dann nicht einhalten. Aber nur schon die Idee, dass jeder immer eine Zeit seine Lust gleich umsetzen kann, turnt uns an. Wir wollen uns nicht mit Brutalität töten, sondern an Sexüberdosis sterben. Zur Belebung und Lust sich ohrfeigen, sich peitschen, sich schlagen ja natürlich. Zur Belebung und Lust sich beißen, kratzen, pressen, treten ja klar. Aber Blut soll nur wenig fließen, damit wir an Orgasmen sterben und nicht an Verletzungen und Verletzungen uns auch nicht an weiterem Sex hindern. Am das Leben erschöpfenden Sex wollen wir sterben, nicht an Foltern. Wir wollen ja ein großes Luststerbefest daraus machen. Oder erst ganz am Ende, wenn nach sieben Tagen einfach kein Tod in Sicht ist, werden auch alle Unmittel eingesetzt. Vielleicht dann doch sich erwürgen, sich ersticken, sich erschlagen. Doch ohne Werkzeuge, nur von bloßer Hand, auch nicht erhängen, obschon wir natürlich Stricke haben, um uns zu fesseln. Einmal du, einmal ich, gefesselt und ungefesselt, Hauptsache von der Lust gefesselt, was grad geiler macht, auf dass wir uns endlich tödlich erschöpfen. Sterben an Überdosis Orgasmen wahrscheinlich durch Herzstillstand, der zweitschönste Tod. Vielleicht werden wir nach Tagen auch nur noch nackt tanzen, bis wir ohnmächtig werden. Vielleicht werden wir zusehends romantischer und erfahren die Ohnmachten des Fastens orgastischer. Dann sterben wir erst nach den heiligen vierzig Tagen. Rauchen? Ich glaube, wir müssen es verbieten. Es schwächt uns mit falschen Mitteln. Zu viel Alkohol ist auch nicht gut, aber ich mache Verbote, und das tötet uns die Lust, die wir unendlich brauchen. Nachdem ich gestorben, wirst du hinausgehen und leben wie neugeboren, und ich auch. Es wird uns nur schwerst gelingen, aber wir werden unser Bestes geben, eine Karwoche bis zum Tod oder bis zum Tod schon davor. Wir möchten an Sex sterben, bis die Liebe sich uns ganz zufügt, und sterbend sehen wir die Ewigkeit. Ich bin auch längst alt genug zu sterben, ich bin ja schon über vierzig, und die Luststerbekraft nimmt nur noch ab. Das Leben ist dazu da, um für die übergroßen Gottesakte jederzeit sensibel und sinnlich und innig und intensiv und ausdauernd und langmütig und ekstatisch und potent und würdig zu sein.

_ Warum hast du auf mein Mail und auf meine Kurzmitteilungen nicht reagiert? Und was machst du am Wochenende?
_ Mich abschließen, um an Sex zu sterben. Je älter ich werde, desto mehr werde ich die Lebenskraft verlieren und immer weniger noch sterben können, ohne gottlos zu verrecken.
_ Ach was! Bist du ein Sexfundamentalist? Ein Sexmärtyrer? Ein Selbstmordattentäter in der Sexorgie? Aber ich habe genau gewusst, dass du auch durchdrehst, drum ruf ich dich ja an. Was machst du also?
_ Nichts Praktisches.
_ Ich komme nach Zürich, okay?
_ Aber warum?
_ Ich brauche die unberechenbarste Sprunghaftigkeit und will supercool geraubt werden und kann keine Ergebenheit ertragen und habe den verheerendsten Freiheitsdrang. Aber jetzt fällt mir

immer akuter ein, dass mein Abbruchzwang tot ist und ich die ganze Zeit vergessen habe, dass ich dich vermisse. Aber ich liebe die Langsamkeit und will nicht alles im Nu wie du. Und zwischen uns liegt nichts als ein paar Jahre Zeitlosigkeit, daran uns alles liegt.

_ Und wenn nur noch das Nichts zwischen uns lügt, finden wir ganz nicht zueinander.

_ Ja ja, aber ich will dich sehen.

_ Aber aber ich fliege am Montag zum Mond.

_ Ich komme schon morgen. Du erlebst ein Liebeswochenende, dass du restlos erschöpft sein wirst. Und dann können wir auch noch ein Jahrtausend dranhängen, wenn du noch drauf bist, aber um zu leben, nicht zu sterben, Idiot.

_ Ach du Schlange spinnst auch total, und am Sonntag schon haust du Krähe eh wieder ab, und jetzt meinst du, du könnest einfach hierherkommen und mich vom goldenen Schluss abhalten?

_ Ich höre es ja deiner Stimme an, wie ihr Schafe uns ewig ergeben seid.

_ Du psychosomische Hippiehexe! Du komisches Dämonengespenst! Du schizophrenes Vexiertier! Du sich verstellversteckender Irritierengel!

Nachdem du aufgelegt, sterb ich schon jetzt an Glück schon wieder in Ewigkeit Amen. Ja, ich will es noch mit dir und will überhaupt nicht sterben, null. Es ist das Leben, das schönste, sprudelndste, strahlendste Leben! Warst du einmal so über und über glücklich wie nie und nie gewesen? Das ist unerträglich, das ist einfach nicht wahr, und es gibt nichts Unerträglicheres, als dass das Märchen wahr wird. Du Spinngöttin! Du Sommervogel! Du Sinnmohn! Du Goldsonne! Doch wie ich dich am Bahnhof abhole:

_ Fühle mich komisch schon den ganzen Tag und habe höllisches Kopfweh, fast hätte ich dir abgesagt.

_ Dachte ich's mir doch, aber ich habe das wilde Sexsterben auch mit guter Ahnung noch im Kopf.

_ Ich habe echt Kopfweh.

_ Du hast recht, es braucht nicht einmal einen Grund, die Sexobsession ist krank, und nur der Nichtsex geil. Nicht umsonst haben die sexuellsten Menschen wie Paulus oder Augustinus den Orgasmus nicht gelebt, um ihn am heftigsten zu erleben.

_ Und schon machst du daraus wieder deine Ultraobsession.

_ Hoffentlich. Wer nicht die große Obsession hat, ist ein Natterngezücht, eine leere Hülle, ein seelenloser Automat. Lass uns essen gehen.

Doch wie du nachts im bloßen Nachthemd unter die Decke steigst, ziehe ich mich nackt aus, setze mich an den Bettrand und neige mich dir zu:

_ Hör auf.

_ Verdammtes Verbrechen! Kaum bist du da, bin ich von deiner Ziererei gelähmt. Und wenn ich an mir bin neben dir, findest du es auch widerlich.

_ Damals warst du heimlich und feige, aber jetzt kannst du dich meinetwegen die ganze Nacht befriedigen.

_ Es stört dich nicht?

_ Ich schau dir auch zu, wenn ich nicht einschlafe.

_ Oh Überraschung, aber ich will mit dir schlafen.

_ Na und, aber ich will nicht.

Ich ziehe dir die Bettdecke weg.

_ Lass das!

Dein weiches, weißes Seidennachthemd ist kurz wie ein Minirock. Du sitzt mit angezogenen Knien auf dem Bett und schaust mich kalt an. Ich lege meine Hände auf deine Knie:

_ Fass mich nicht an, und du kannst meine Beine eh nicht auseinanderkriegen.

Ich schaffe es tatsächlich grad nicht, du lachst, und ich will dich küssen:

_ Hör auf, hör sofort auf, ich werde dir gewaltig weh tun!

_ So hab ich doch Lust von dir.

_ Jetzt tu nicht so masochistisch, ich will nicht, dass du mich zwingst, aber wenn du nicht aufhörst, schlage ich aus, dass du kotzen musst.

_ Nur zu.

Deine Hände fassend werfe ich mich zur Seite und drücke meine Brust auf deine Brust. Das schweißtreibende Kämpfen macht fast ohnmächtig vor Lust, dein wahnsinniger Wonneduft:

_ Du willst auch nur, dass ich dir weh tue, da du zur Liebe nicht fähig bist. Oder vielleicht ist das die größere Liebe, die nicht fragt und dir die Verantwortung abnimmt.

Du beißt mir in die Schulter, ich nehme es als Liebesbiss. Ich übersteige dich, magst du mich ausschlagen, du umschlingst mich mit den Beinen, du befreist dich von deinem Nachthemd, du darfst mich töten, aber die Liebe zeugt uns in sich. Wir dürfen euch zugestehen: Und Gott sagt zu David, dem erwachsenen Mann: *Ich habe dich heute gezeugt.* Was fängt er damit an? Wir, die wir ja schon immer so sind, wie wir sind, in und durch unsere Liebe, fühlen in uns die Neuzeugung durch uns und sagen zu Gott: Wir haben dich heute gezeugt.

Und da siehst du mich an mit deinen strahlendsten Augen und lächelst.

Und genau jetzt darf ich sagen: Genau dies bist jetzt du: Liebe des Menschen.

_ Hast du bemerkt? Auf einem einzigen Fleck haben wir geschlafen. Ich fühl mich wie eine furchtbar anhängliche Raubkatze, die dich schon wieder verschlingen will.

_ Und ich will es vor Überlust gerade nicht mehr, um es ewig nicht zu sein.

_ Du bist enttäuscht von der Wirklichkeit mit mir, drum fliehst du schon wieder zu Sehnsucht und Traum.

_ Aber nein, nur weil es mit dir das Maximum ist, kann ich einsehen, dass es ohne noch mehr ewiger Eros ist.

_ Du bist einfach krank und pervers.

_ Genau wie Glauben fürs Leben verkehrt ist. *Kehret um euren Sinn* heißt nur toll werden, toll sterben, denn die Normalität ist das Totenschauhaus der Toten. Doch Normale gibt es so wenig wie Natürliche, denn wir sind unnatürlich, doppelnatürlich, wieder natürlich, wider-, aber-, und übernatürlich. Drum zeigt auch Darwin mit dem perfekten Naturschlüssel, dass die Gottlust erst da beginnt, wo die Erfahrung unmöglich ist, und ist doch perfekt verkehrt, denn weil wir es mit dem Geist und also mit der Lust zur Ewigkeit haben, lieben wir uns primär gerade nicht zur Fortpflanzung, sondern diese wird primär gerade vermieden, verhütet, abgetrieben. Auch der Papst bezeugt das, und es ist genauso abernatürlich wie die Keuschheit und nicht anders unnatürlich wie jede Erkenntnis unbefleckt. Und wie die Gottverzückungen heilige Orgasmen sind, dreht sich auch Freud wieder um. Der ein und derselbe Sextodestrieb reduziert uns nicht auf unsere Vertriebenheit, sondern vertieft uns als Tier hin zum Engel. Doch es bleibt eine Halbheit, wie das Leben nur die Hälfte des Lebens und der Tag nur die Hälfte des Tages ist.

_ Wir sind füreinander geschaffen, um zueinander ganz zu werden.

_ Oh ja, ein Gebet zum Sonntagmorgen. Aber nun bist du noch mehr Gott, und ich habe wie nie das Verlangen, von dir zu sterben. Es ist zu schön, um es banal werden zu lassen. Sei meine heilige Fremde, die mich heimbringt.

_ Du nennst mich Gott, dabei bin ich weniger als ein Mensch, ein realitätsunfähiges Phantasma, das die Welt ärgert.

_ Eben überwirklich.

_ Meine Schönheit gibt mir eine Macht, die ich gar nicht will und mich doch zum tödlichen Monster macht.

_ So leb deine Bestimmung! Jeder sucht sich den Engel, durch den er sterben kann. Erhöh mich hinüber!

_ Wirr werden wirklich wund wahrhaftig wahnsinnig. Ich werde dich fesseln und erpressen, erdrosseln, erschlagen.

_ Das sprichst du nicht von dir aus, sondern es ist dir von oben eingegeben. Der Himmel ist Leben oder Liebesmord für die Sterbenwollenden und Tod oder Rachemord für die Lebenwollenden. Mich lustmordend entbrückst du mir das Jenseits und bist es selber. Kirillov im Selbstmord ist exakt die Inversion davon.

_ Das ist genau der Gottwahn des Selbstmordattentäters.

_ Ja, und genau im Gegenteil ist der Selbstmordattentäter entsetzlicher Hassmord.

_ Ich kann nicht. *Du sollst nicht töten.*

_ Und seit die Liebe sich kreuzigen lässt, bricht sie zum Baum des Lebens.

_ Und wenn dich meine Augen ins Paradies brechen, werde ich mir wie alle Mörder selbst zur Hölle.

_ Nicht, wenn du mir damit den liebsten Wunsch erfüllst! Und zugleich will der große Orgasmus nicht versucht werden, sondern sich nicht mehr verhindern lassen. Nur wie?

_ Wir überlassen es meiner Fantasie. Geh du erst mal laufen, ich organisiere unterdessen Stricke. Vielleicht töte ich dich spielend, bis uns das Liebesspiel nicht vergeht.

_ Die Sprache. Aber warum beginnst du zu weinen?

_ Weil es so weh tut. Ist das Liebe? Aber warum weinst du jetzt auch?

_ Vor Glück.

_ Lauf jetzt weg.

Ai wie blendet heute die Morgensonne, ai wie strahlend du lachst!
Den blitzgelben Postlastwagen kann ich nicht sehen.
Aber die größere Lust.
Sie schenkt mich ins größere Blau.

Secession

Weitere Bücher aus unserem Verlagsprogramm:

Emmanuelle Bayamack-Tam | Die Prinzessin von.
(La Princesse de.)
Roman

Aus dem Französischen von Christian Ruzicska,
unter Mitarbeit von Flamm Vidal

Gebunden ohne Schutzumschlag

224 Seiten
€ (D) 22.95 | CHF 34.90 | € (A) 23.60
ISBN 978-3-905951-07-3

Lars Gustafsson | Gegen Null
(Mot Noll)
Eine mathematische Phantasie

Aus dem Schwedischen von Barbara M. Karlson

Gebunden ohne Schutzumschlag

96 Seiten, mit Abbildungen
€ (D) 19.95 | CHF 30.50 | € (A) 20.60
ISBN 978-3-905951-04-2

Marian Pankowski | Der letzte Engeltag
(Ostatni zlot aniołów)
Ein Silvenmanuskript

Aus dem Polnischen von Sven Sellmer

Gebunden ohne Schutzumschlag

88 Seiten
€ (D) 19.95 | CHF 30.50 | € (A) 20.60
ISBN 978-3-905951-05-9

Secession

secession

Hélène Bessette | Ida oder das Delirium
(Ida ou le délire)
Roman

Aus dem Französischen von Christian Ruzicska

Gebunden ohne Schutzumschlag

128 Seiten
€ (D) 21.95 | CHF 33.90 | € (A) 22.60
ISBN 978-3-905951-02-8

Ludwig Lewisohn | Der Fall Crump
(The Case of Mr. Crump)
Roman

Neu übersetzt aus dem amerikanischen Englisch von Christian Ruzicska
Mit einem Nachwort von Thomas Mann

Gebunden ohne Schutzumschlag

400 Seiten
€ (D) 24.95 | CHF 37.90 | € (A) 25.70
ISBN 978-3-905951-03-5

Magda Szabó | Die Elemente
(Pilátus)
Roman

Neu übersetzt aus dem Ungarischen von Heinrich Eisterer

Gebunden ohne Schutzumschlag

296 Seiten
€ (D) 24.95 | CHF 37.90 | € (A) 25.70
ISBN 978-3-905951-01-1

Steven Uhly | Mein Leben in Aspik
Roman

Gebunden ohne Schutzumschlag

272 Seiten
€ (D) 22.95 | CHF 34.90 | € (A) 23.60
ISBN 978-3-905951-00-4

Leseproben finden Sie auf:
www.secession-verlag.com

secession

secession